ANgefasst

Team-Gran-Canaria 2

von Drea Summer

dreasummerautor@gmail.com
Facebook: Autorindrea
Instagram: Dreasummer1978
https://dreasummer.jimdofree.com/

AF187312

1. Auflage, 2019
© Alle Rechte vorbehalten.

Herstellung und Verlag: BoD – Books on Demand, Norderstedt

ISBN: 9783750429338

Lektorat/Korrektorat: Lektorat TextFlow by Sascha Rimpl
Covergestaltung © Renee Rott – Dream Cover
Covermotiv © AdobeStock_62185421

ANgefasst

Team Gran Canaria Band 2

Deine Kinder sind niemals sicher!

Lady, der Hund von Urs Gautier, wurde entführt, und der Schweizer beauftragt die Privatdetektive Jenny und Sven, das Tier zu finden. Doch schon einige Tage später werden Gautiers Frau und seine kleine Tochter von einem Spielplatz gekidnappt. Jenny versucht, die beiden zu retten, wird dabei niedergeschlagen und ebenfalls verschleppt.
Während Inspektor Carlos Muñoz Díaz eine großangelegte Suchaktion startet, ermittelt Sven auf eigene Faust. Doch schon bald präsentiert sich alles in einem anderen Licht und lässt Sven zweifeln, seine Jenny jemals lebend wiederzusehen. Stück für Stück setzen sich die Puzzleteile zu einem Bild zusammen, das grausamer kaum sein könnte.

Bibliografische Information der Deutschen Nationalbibliothek. Die Deutsche Nationalbibliothek verzeich-
net diese Publikation in der Deutschen National-
bibliografie; detaillierte bibliografische Daten sind im
Internet über http://dnb.dnb.de abrufbar.

© 2019, Drea Summer
Herstellung und Verlag:
BoD – Books on Demand, Norderstedt

ISBN: 9783750429338

Prolog

In drei Tagen, abends – Antonia

Antonia schreckte zurück bei dem, was sie durch das Wohnzimmerfenster sah. Sie schnaufte wie nach einem Zweihundert-Meter-Lauf, und eine eiskalte Hand schien ihre Eingeweide zu zermalmen. Der Vorhang bewegte sich und könnte dem Fahrer des blauen Mercedes verraten, dass er entdeckt worden war. Wie von Sinnen starrte sie auf die Gardine, die in Zeitlupe wieder ihre Ruheposition einnahm, und betete zu Gott, dass niemand diese Bewegung gesehen hatte.

Er hat mich gefunden, schrie es in ihrem Kopf. *Nach all der langen Zeit. Nach all den Wohnungswechseln. Nach all den Hürden, die ich auf mich genommen habe. Er hat mich gefunden.*

Der Schwindel überkam sie. Die Bilder in ihrem Hirn, von längst vergangenen Zeiten, waren wieder präsent. Ihr Kopf prallte gegen die Wand, als sie sich zurücklehnte. Doch sie spürte den Schmerz nicht. Sie spürte nichts mehr, seitdem er sie das erste Mal berührt hatte. Seitdem er sie geschlagen und gedemütigt hatte.

Ihre Hüfte, die er mit seinem Schuh getroffen hatte,

brannte wie Feuer. Vor ihren Augen flimmerten Sterne, und sie zog ihre Füße näher an ihren Körper heran.

Er hatte sich vor ihr aufgebaut, wie ein Ringer vor seinem Gegner. »Du hast mich betrogen, du undankbares Stück Dreck«, sagte er, packte sie an ihren Schultern und hob sie in die Luft, als ob sie nur ein paar Gramm wiegen würde. »Hat es dir gefallen, als du seinen Schwanz gelutscht hast?« Er donnerte ihren Körper an die Wand, sodass ihr Kopf mit voller Wucht aufschlug und es ihr für Sekunden den Atem raubte. Dann ließ er sie fallen, und sie sackte in sich zusammen.

Ihre Augen hatte sie nur für einen Moment geschlossen. Sie hätte schwören können, dass es nicht länger als drei Sekunden war. Doch dann hörte sie die Schreie. Melodia! So schnell sie konnte, raffte sie sich auf. Doch sie kam nicht auf die Beine. Mühevoll robbte sie auf dem Boden entlang in Richtung Kinderzimmer.

Und da stand er. Das Deckenlicht strahlte ihn an wie ein Scheinwerfer und offenbarte die grausame Wahrheit. Das kleine zarte Mädchen hing schlaff in seinen Armen. Der Babystrampler lag zusammengeknüllt auf dem Boden, überall beschmiert mit Blut, genauso wie Melodias Körper. Doch ihre Augen waren offen und starrten sie an. Und dann hörte sie die Musik aus dem Mobile über dem Gitterbett, die wie von Geisterhand zu spielen begann. Und das Lied spielte für Melodia, die nur durch ihre Schuld

nie wieder lachen konnte.

»Mama! Du zitterst ja.« Es waren die Worte ihres elfjährigen Sohnes Miguel, die sie wieder zurück ins Hier und Jetzt brachten.

Sie zwang sich ein Lächeln ab und streichelte ihm über seinen Kopf. »Es ist alles gut, mein Liebling. Ich hab mich nur erschrocken, weil mir etwas runtergefallen ist. Du brauchst dir keine Sorgen zu machen.«

»Kommt er wieder, Mama?«

»Nein, mein Schatz. Er kommt nie mehr wieder. Dafür werde ich sorgen. Das hab ich dir doch versprochen. Er findet uns nicht.«

Ganz fest drückte sie ihn an ihre Brust und starrte aus dem Fenster. Sie schaute zu dem blauen Mercedes, der im Schutz der Bäume parkte. Eine kleine Rauchwolke stieg aus dem Fahrerfenster.

Er ist es!

weiter nach oben kletterte. Oben angekommen stand sie auf dem Podest und strahlte über das ganze Gesicht. Sie hob ihre Hand und winkte ihm zu. Er drehte sich um, nur um sich zu versichern, dass tatsächlich er gemeint war. Hinter ihm stand niemand. Zaghaft hob er seine Hand und winkte zurück. Endlich ging sie in die Hocke, und er konnte einen kurzen Blick auf ihren rosaroten Slip erhaschen. Sein Herz pochte vor Aufregung. Seine Gedanken kreisten nur noch um dieses kleine Mädchen. Er wollte sie anfassen. Musste sie anfassen. Auf keinen Fall würde er ihr wehtun. Jedenfalls nicht absichtlich. Nur kurz berühren, ihr über die Haare streichen, ihren Geruch, der fast noch wie der eines Babys sein würde, einatmen. Nur kurz. Wirklich nur ganz kurz.

Sie quietschte fröhlich, als sie hinunterrutschte. Ein lautes Kinderlachen. So unbesorgt, so frei. Ihr Röckchen wurde durch den Windstoß in die Höhe gehoben, und er konnte seinen Blick nicht von ihren Oberschenkeln nehmen. Er musste zu ihr. Er musste sie anfassen. Um ihren Duft in sich aufzunehmen wie eine Droge. Noch einmal vergewisserte er sich, dass kein Mensch in der Nähe war. Schweißperlen standen ihm auf der Stirn, und auch sonst war sein ganzer Körper unter Hochspannung. Auch sein Penis zuckte schon unruhig in der Hose und würde sich bald in seiner ganzen Größe zeigen. Er schritt auf das Gerüst zu. Das kleine Mädchen war gerade im

Begriff, die Sprossen der Leiter wieder nach oben zu klettern. Als er nur noch wenige Schritte von ihr entfernt war, hörte er sie leise kichern. Er glaubte sogar, ihren Duft aus dieser Entfernung riechen zu können. Dieses unschuldige Aroma, das sich wie eine Parfümwolke um Kinder legte. Er stellte sich direkt vor das Ende der Rutsche, als das Mädchen oben auf dem Podest stand.

Diesmal konnte er ihr Höschen aus der Nähe sehen – als sie wieder in die Hocke ging, um sich auf die Rutsche zu setzen. Sie strampelte mit ihren Beinen freudig herum, und ihr Röckchen schob sich wie von Geisterhand nach oben und präsentierte ihm mehr nackte Haut, die seine Fantasie noch weiter ankurbelte.

Berühren, streicheln, spüren.

Er streckte seine Hände nach ihr aus, um sie aufzufangen, sie endlich in seinen Armen halten zu können. Sie stieß sich oben ab, und er fieberte diesem Moment entgegen. Es dauerte nicht länger als einen Augenaufschlag, bis er sie endlich spüren konnte. Und tatsächlich fing er sie auf, und sie strahlte ihn an, als er sie hochhob und auf dem Boden absetzte. Er konnte seine Hände nicht von ihr lösen, sie waren wie festgeklebt. Ihre Pausbäckchen waren rot angelaufen, und die schwarzen Haarsträhnen flogen ihr ins Gesicht, bis sie sie mit ihren pummeligen Fingern wieder hinter das Ohr strich.

»Na, meine Kleine?«, sagte Esteban und lächelte sie

an. »Kommst du mit mir mit? Ich bringe dich nach Hause. Deine Mama schickt mich. Ich habe auch Schokolade in meinem Auto. Das steht gleich da vorne.« Er zeigte auf das große verrostete Tor, hinter dem sich der Parkplatz befand. Er nahm einen tiefen Atemzug und sog ihren Duft nach Erdbeeren und Unberührtheit in seine Lungen und speicherte ihn in seinem Hirn.

Plötzlich unterbrach sie seine Fantasie mit Worten, die seine Welt wie ein Kartenhaus zusammenbrechen ließen.

»Wie ist das Passwort?« Die Kleine schaute ihn erwartungsvoll an.

Hat sie mich ernsthaft nach einem Passwort gefragt? Ein Passwort wofür?

»Wie heißt du denn?«, fragte er nach kurzem Zögern.

Das Mädchen versuchte, sich aus seinem Griff zu befreien, und schrie laut: »Wie ist das Passwort?«

Sie wand sich in seinen Armen hin und her. Er packte sie fester mit beiden Händen an ihren zierlichen Oberarmen. Ihr Lächeln war verschwunden. Ihre schwarzen Haarsträhnen flogen ihr ins Gesicht, und Tränen rannen in Strömen über ihre Wangen.

Er hob sie wenige Zentimeter hoch und ließ sie in der Luft zappeln.

Die Kleine schrie immer lauter und wurde hysterisch. »Passwort. Passwort. PASSWORT!«

2

Tag 1, nachmittags – Sven und Jenny

Jenny schaute zu Sven, der sein Handy am Ohr hatte und fleißig nickte. Sie schmunzelte bei dem Gedanken, dass derjenige, der am anderen Ende der Leitung war, sein Nicken ja gar nicht zu Gesicht bekam. Das war mal wieder so typisch für Sven. Jeder normale Mensch würde wenigstens ein *Mhm* oder ein *Ah* von sich geben. Aber Sven nickte nur fleißig.

»*Vale, adiós*[1].« Er steckte sein Telefon in die Hosentasche. Das machte er seit Neuestem immer. Niemals wieder würde er sein Handy auf den Tisch legen. Schließlich sollte jeder aus seinen eigenen Fehlern lernen.

»Und? Haben wir einen neuen Auftrag?«, sagte Jenny.

Er schaute sie verständnislos an. »Jein.«

Jenny lachte auf. »Jein? Was heißt das? Eigentlich schon, aber doch nicht, oder wie?«

»Wir sollen einen Hund finden, der gestern gestohlen wurde.« Sven runzelte die Stirn und fuhr sich mit seinen Fingern durch das hellbraune Haar, das wie Stacheln von seinem Kopf abstand.

---

[1] Okay, tschüss

»Das klingt doch schon sehr nach einem Auftrag. Wo ist nun der vermeintliche Haken, der dich stört?«

»Wir suchen einen Hund. Wie sollen wir einen Hund finden? Sollen wir andere Hunde befragen, die frei auf der Straße herumlaufen?«

Jenny lachte wieder, allerdings erkannte sie an Svens Gesichtsausdruck, dass ihn diese Frage wirklich beschäftigte und er sie durchaus ernst meinte.

»Schatz, ein Hund verschwindet nicht so einfach. Lass uns doch erst mal zu dem Kunden fahren. Er soll uns alles erzählen, was er weiß. Vielleicht hat er auch irgendwelche Feinde. Also der Besitzer, nicht der Hund.«

»Ja, oder der ist einfach davongelaufen. Dann viel Spaß und viel Glück«, sagte Sven und ließ sich in seinen Chefsessel fallen, der hinter dem Schreibtisch im Detektivbüro *El Espía*[2] stand.

Jenny kam näher zu ihm und drückte ihm einen Kuss auf die Stirn, als der Laptop, den Sven sich erst vor knapp zwei Wochen geleistet hatte, einen Ton von sich gab, der eine neue Mail ankündigte. Jenny griff zur Maus und öffnete die Mail. Sofort sprang der Virusscan an und überprüfte diese. Ein sündhaft teures Programm, das er sich auf Anraten von Carlos gekauft hatte. Das Fenster schloss sich wieder, und es öffnete sich ein neues. Sven

---

[2] *Der Spion*

zog Jenny auf seinen Schoß, und beide blickten gespannt auf den Inhalt der Mail.

»Das ist doch ein süßer Kerl. Findest du nicht?«, sagte Jenny und zeigte auf den kleinen Hund, der sein Stupsnäschen neugierig in die Kamera hielt. Das braune Fell am Kopf war mit einer rosaroten Schleife zu einem Zopf zusammengebunden, und einzelne schwarze Strähnen zogen sich über den restlichen Körper. »Das ist ein Shih Tzu. So einen Hund wollte ich schon immer mal haben.«

Sven neigte seinen Kopf leicht zur Seite und betrachtete das Foto, das Jenny nun als Vollbild auf den Bildschirm gelegt hatte.

»Und wer hat dich bloß entführt?« Jenny sprach mit dem Bildschirm, als ob er eine Antwort darauf geben könnte.

Sven legte seine Hände an ihre Hüften und schob sie von seinem Schoß herunter. »Steh auf. Sonst komm ich noch auf doofe Gedanken und kann mich nicht mehr auf meine Arbeit konzentrieren.« Sie stand auf, und Sven schlug das rechte Bein über das linke und lehnte sich in seinem Sessel zurück. »Also, wir müssen herausfinden, was mit Lady, so heißt die Hundedame, passiert ist. Und zwar schleunigst. Zumindest sagte mir das der Herr ...« Sven schaute auf die wenigen Sätze, die in der Mail standen, und las den Namen ab. »Urs Gautier. Dem

Dialekt nach würde ich auf einen Schweizer tippen. Lass uns einfach mal hinfahren. Und dann sehen wir weiter, ob wir diesen Auftrag überhaupt annehmen. Ehrlich gesagt, ich hab keine große Lust drauf, einen Hund zu suchen.« Er verzog seinen Mund zu einer Schnute.

»Hast du gesehen, wie viel er uns bezahlen will? Ich meine, he, das ist schon ein großer Batzen Geld, und es ist ja nicht so, dass uns die Leute hinterherlaufen, weil sie unsere Dienste brauchen. Komm jetzt. Es ist hier ganz in der Nähe. Und danach könnten wir doch noch im *Abrasa* etwas essen gehen. Sofern wir dort einen Tisch bekommen.«

»Oh ja, ich habe Lust auf ein gutes Steak.« Sven sprang von seinem Sessel auf und packte in Windeseile seine Sachen zusammen. Schnell druckte er noch die Mail mit dem Foto aus und steckte den Ausdruck in Jennys Handtasche, die sie ihm bereitwillig hinhielt. Gemeinsam verließen sie das Büro. Sven drängte nahezu, endlich hier fortzukommen, und zog sie mit sich zum Auto.

Jenny schmunzelte. *Klar, mit gutem Essen krieg ich dich immer.*

3

Tag 1, nachmittags – Luis

Luis überlegte und fuhr sich mit seinen Fingern am Kinn entlang. Seit Stunden starrte er auf den Zettel, der vor ihm lag, und kam zu keinem vernünftigen Ergebnis. Zuerst hatte er angefangen, mit dem Zeichnen von Kreisen eine Ordnung in seine Gedanken zu bringen. In jeden Kreis setzte er einen Namen und verband diese mit Strichen untereinander. Doch wie sollte er das bloß bewerkstelligen? Wie nur konnte er sie entführen? Mitten in der Nacht wäre keine Option. Da war die Alarmanlage scharf. *Die Polizei wird mich sofort erwischen, wenn ich das so mache. Ich muss meinen Job am Tag erledigen.*

»Das ist kein Plan. Das ist alles *tonto*[3]«, schrie er das Blatt an, und im nächsten Moment zerknüllte er es und schmiss es in die Zimmerecke. Es landete auf dem Zettelhaufen, der sich im Laufe der letzten Tage dort gebildet hatte.

Sein Gesicht sank in seine Hände, und er ließ seinen Gedanken freien Lauf. Den leichtesten Teil des Auftrages hatte er bereits hinter sich gebracht. Er schaute zufrieden auf den schlummernden braun-schwarzen Hund, der vor

---

[3] *dumm*

seinen Füßen lag. Das hatte ihm schon einen kleinen Teil der Belohnung eingebracht. Aber wie sollte er es anstellen, sie zu entführen? Da erinnerte er sich an den Fall mit den zwei Mädchen, die vor einigen Jahren hier auf der Insel entführt wurden. Die wurden doch mit Chloroform betäubt, oder nicht? Hatte er da nicht einmal etwas in der Zeitung gelesen? Und die beiden wurden doch auch in aller Öffentlichkeit am helllichten Tag entführt. Warum sollte er es nicht wagen?

Sofort griff er zu seinem Handy und holte sich im Internet alle Informationen, die er darüber finden konnte.

»Wenigstens frei verkäuflich in jeder *Farmacía*[4]«, murmelte er vor sich hin.

---

[4]   Apotheke

4

Tag 1, nachmittags – Esteban

»¡*Policía!*[5]«, hörte Esteban hinter sich das Geschrei einer Frau, und gleich darauf packte ihn eine kräftige Hand an seiner Schulter, und er musste die Kleine loslassen. Er wunderte sich, wo die beiden auf einmal herkamen, hatte er sich doch vergewissert, dass niemand in der Nähe war. Wild gestikulierend redete die hysterische Frau auf Esteban ein, die sich vor ihm aufplusterte wie eine Henne. Ihre langen schwarzen Haare wirbelten genauso wild herum wie ihre Hände. Der Mann hielt Esteban an seinen Unterarmen fest. Das kleine Mädchen hatte sich verschüchtert hinter der Frau – vermutlich war es die Mutter der Kleinen – versteckt und lugte seitlich am Bein der Frau hervor. Dabei hatte er sie doch nur spüren wollen. Ihre zarte Haut anfassen. Nichts weiter. Esteban verstand die Aufregung nicht. Er hatte doch nichts falsch gemacht.

»Jetzt hören Sie doch mal auf«, sagte Esteban. »Ihre Tochter sieht meiner verstorbenen Tochter so ähnlich. Ich konnte nicht anders. Ich war wie in Trance. Ich dachte, sie wäre mein kleiner Engel.« Er wandte seinen Blick von der

---

[5]   *Polizei*

Frau ab und richtete die nächsten Worte an den Mann, der ihn festhielt. »Und Sie, Sie lassen mich auf der Stelle los. Sonst werde ich Sie anzeigen.«

Wieder drangen die Worte der Frau in seinen Gehörgang: »*Policía, Policía!*«

»Dann rufen Sie doch die Polizei. Das ist gut. Dann können die Beamten auch gleich die Anzeige gegen Sie beide aufnehmen. *¡Tienen mala uva!*[6] Die sollen auch jemanden mitbringen, der das Mädchen in seine Obhut nehmen kann. Das ist anscheinend nötig, wenn ich mir Sie beide so ansehe, wie hysterisch Sie sind.« Esteban schrie die Worte aus sich heraus, und plötzlich kehrte Ruhe ein. Die Frau starrte ihn an, ihr Mund blieb ein Stück weit offen. Auch der Mann lockerte seinen Griff, und Esteban machte sofort einen Schritt zur Seite.

»Habe ich richtig verstanden? Sie dachten, es wäre Ihre Tochter?«, fragte der Mann und blickte ihn durchdringend an. So ganz hatte er die Story, die Esteban ihm auftischen wollte, anscheinend noch nicht geschluckt. Somit musste er noch ein Schäufelchen nachlegen, damit die Geschichte so richtig unter die Haut ging.

»Ja, Sie haben richtig verstanden. Ich hatte eine Tochter in ihrem Alter«, sagte Esteban und zeigte auf das Mädchen. »Sie wurde von einem Irren entführt, und drei

---

[6]   Umgangssprachlich: Sie haben einen schlechten Charakter. Wörtlich übersetzt: Sie haben eine schlechte Weintraube.

Tage später fand man ihre Leiche. Sie haben keine Ahnung, wie sich das anfühlt, sein eigen Fleisch und Blut zu verlieren. Ich fühlte mich um Jahre zurückversetzt, als ich Ihre Tochter sah. Ich sah meinen Engel. Es tut mir leid, wenn ich Sie erschreckt habe. Aber … aber …« Die letzten Worte stammelte er nur noch, damit der Effekt der Geschichte nicht verloren ging. Er war schon immer ein Meister der Worte gewesen. Storys einfach so aus dem Ärmel schütteln, das konnte er. Das war der Hauptgrund, warum er seit einigen Jahren als Autor tätig war. Zwar nur mittelmäßig erfolgreich, aber es reichte zum Überleben.

Der Frau rannen die Tränen über die Wangen. Esteban hatte sie bereits vollständig in seine Geschichte gezogen. Aber auch den Mann schien er nun endgültig auf seiner Seite zu haben, denn dieser sprach: »Oh, Entschuldigung. Ich … wir dachten, Sie sind ein Pädophiler oder so. Weil Sie allein hier auf einem Kinderspielplatz sind und mit unserer Tochter spielen wollten. Wir wussten nicht … Es muss schrecklich sein, ja. Ich will mir das gar nicht vorstellen.«

»Mein größter Wunsch ist es, mein Engelchen noch einmal in den Armen zu halten. Nur ein einziges Mal. Verstehen Sie? Das ist alles, was ich auf dem Herzen habe.«

Plötzlich löste sich das Mädchen von ihrer Mutter und trat einen Schritt auf Esteban zu. Er konnte die Augen

kaum von ihr lassen und musste aufpassen, dass er nicht vor Aufregung sabberte.

Einen Augenaufschlag später umarmte die Kleine seine Beine. Sie war groß genug, dass sie ihm bis zu seinem Schwanz reichte, der unter der Hose gefährlich pochte. Esteban stieß einen Seufzer aus, den der Mann und die Frau vermutlich als Schmerzensschrei der Seele empfanden. Dabei war es ein gedämpfter Lustschrei. Er strich dem Mädchen über die Haare. Sie fühlten sich so samtweich an. Genauso wie zuvor ihre Haut. Alles so zart und anschmiegsam.

Er musste sich von der Kleinen trennen. Ob er nun wollte oder nicht. Ansonsten würde er für nichts garantieren können. Er schaute zu den Eltern der Kleinen. Die Träne, die seine Wange hinunterlief, unterstrich seine Geschichte glaubhaft. Esteban flüsterte: »Danke.«

5

Tag 1, nachmittags– Sven und Jenny

»Hier ist ein Parkplatz«, sagte Jenny und deutete auf die freie Parklücke gegenüber der Tierarztpraxis. Sven stellte das Auto ab und stieg aus. Jenny nahm noch ihre Tasche und folgte ihm, als ihr Blick auf die rostigen Metallplatten fiel, die den *Parque multifuncional* einzäunten, einen Spiel- und Freizeitpark, der groß genug war, um viele Freizeitaktivitäten und auch Geburtstagsfeiern abzuhalten. Sie war bereits mit Sarah und Raúl ein paarmal hier gewesen, da Carlos und Sarah in der Nähe wohnten und der Park wirklich ein Spielparadies für Kinder war.

Vor dem großen Eingangstor spielten sich merkwürdige Szenen ab. Eine Frau schrie ständig nach der Polizei. Ein Mann hielt einen anderen Mann fest, und ein kleines Mädchen versteckte sich hinter der Mutter.

Sven war bereits einige Schritte vorausgegangen, zu dem neuen Kunden, dessen Haus in der entgegengesetzten Richtung lag.

»Sven, schau mal.«

Er drehte sich zu ihr um, und sie zeigte auf den Parkeingang. »Da drüben scheint es Probleme zu geben.

Wollen wir nicht mal nachsehen, was da los ist?«, sagte sie zu ihm, und er runzelte die Stirn. Klar, gedanklich saß er bereits im Restaurant und hatte den Teller mit dem leckeren Steak vor sich.

»Du meinst, die Psychobarbie und ihr Stecher haben Probleme?«, sagte er nach wenigen Momenten, die er brauchte, um die Situation einzuordnen.

»Sven, jetzt red nicht so. Die Frau schreit nach der Polizei. Hast du das nicht gehört?«

»Doch, aber jetzt hat der eine Mann den anderen losgelassen. Willst du dich dazustellen?« Sven lachte.

»Keine Ahnung, was da grad los war. Aber anscheinend hat sich doch alles beruhigt. War wohl nur ein Missverständnis.« Jenny nahm ihren Blick von der Gruppe und wies Sven mit ihrer Hand die Richtung, in die sie gehen mussten. »Gehen wir. Und bitte benimm dich, ja?«

Sven blieb abrupt stehen und stemmte seine Hände in die Hüften. Seine Augen formten sich zu schmalen Schlitzen. »Was soll das nun wieder bedeuten? Ich soll mich benehmen?«

»Ach, Schatzi. Ich weiß doch, wie du drauf bist, wenn du Hunger hast. Dann wirst du doch glatt zur Zicke. Davon abgesehen hast du mir mehr als deutlich zu verstehen gegeben, dass du auf diesen Auftrag keinen Bock hast.« Sie kam ganz dicht an ihn heran. Sofort änderte sich Svens Mimik, und er legte seine Hände auf ihre schmalen

Hüften. Dann zog er sie ganz nah an seinen Körper, sodass sie seinen Herzschlag spüren konnte.

»Ich hab auch noch einen Vorschlag für das Dessert. Etwas sehr Süßes, wenn du willst sogar mit Schlagsahne.« Sven grinste.

Bei dem Gedanken an die klebrige Masse, die er ihr vielleicht wirklich auf den Körper spritzen wollte, überkam sie ein kalter Schauer, und sie kicherte. »Wage es ja nicht, mich damit zu beschmieren.«

Während sie noch sprach, strich er ihre langen braunen Haare von der Schulter und bedeckte ihren Hals mit Küssen.

Sie wand sich in seinen Armen hin und her und lachte lauter als zuvor. »Hör auf jetzt. Ich dachte, du hast Hunger. Also komm. Wir gehen schnell zu unserem Termin, und dann kannst du deinen Heißhunger mit einem saftigen Stück Fleisch unter Kontrolle bringen.«

Er ließ sie los, und sie ging voran und hörte noch seine Worte hinter sich, die sie wieder zum Schmunzeln brachten, bevor er ihr einen Klaps auf den Hintern gab: »Oh ja, ein saftiges Stück Fleisch mag ich auf dem Teller und im Bett.«

Einige Momente später drückte Jenny auf den Klingelknopf, der rechts neben dem kleinen metallenen Tor an der Säule befestigt war. Der Türöffner summte, und kurz darauf trat ein ungefähr vierzigjähriger, fast

kahlköpfiger Mann aus dem Hausinneren heraus und hielt ihr die ausgestreckte Hand entgegen. Er war in etwa gleich groß wie sie. »Sie müssen die Partnerin von Herrn Wagner sein. Stimmt's? Bitte nennen Sie mich Urs, und das ist meine Frau Onna.« Der Mann zeigte auf die schmächtige Frau im Hintergrund, die ihren Kopf in einer nach unten geneigten Position hielt. Ihre blonden Haare verdeckten ihr Gesicht vollständig. Onna schaute nur kurz auf und nickte kaum merklich. Vom Alter her war sie schwer einzuschätzen, aber Jenny vermutete, dass sie kaum älter war als sie selbst. Vielleicht drei- oder vierunddreißig.

Urs plapperte in der Zwischenzeit munter weiter. *Hier sind wohl die Rollen vertauscht,* dachte sich Jenny und musste aufpassen, dass sich ihre Mundwinkel nicht nach oben zogen. Urs redete wie ein Wasserfall, und Onna schwieg.

»Also, ich habe eben Angst um meine Lady. Wer weiß, was der Entführer mit ihr anstellt.«

Sven, der in dem Sessel, der ihm im Wohnzimmer zugewiesen worden war, Platz genommen hatte, räusperte sich. »Urs, wieso gehen Sie davon aus, dass Ihr Hund entführt wurde? Es könnte ja genauso gut sein, dass sie davongelaufen ist, oder nicht? Was macht Sie da bloß so sicher?«

»Sie wurde mit Sicherheit entführt«, sprach Urs lauter

als zuvor, und sein Brustkorb blähte sich auf wie der eines Hahnes, der sein Revier verteidigte. »Lady hat keinen Grund, hier zu verschwinden. Hier wird sie umsorgt. Es ging ihr gut. Also muss jemand sie entwendet haben.«

Jenny versuchte sofort, die Situation zu beruhigen. »Natürlich hatte Lady keinen Grund. Aber Sie wissen doch, wir müssen alles in Betracht ziehen.«

»Ja, natürlich. Entschuldigen Sie. Meine Nerven liegen blank. Ich will meinen Hund zurück.« Für einen kurzen Augenblick sah Jenny in Urs' Gesicht etwas Trauriges aufblitzen, das sofort wieder verschwand, als er den Blick auf seine Frau richtete, die neben dem Sofa stand, obwohl alle anderen bereits saßen. »Was stehst du hier so rum? Unsere Gäste möchten sicher etwas trinken, nicht wahr?« Urs setzte ein Lächeln auf, als er zuerst zu Sven schaute, der nach einigen Sekunden den Kopf schüttelte. Jenny tat es ihm gleich. Das Lächeln verschwand aus Urs' Gesicht, als er seine Frau wieder anschaute.

Onna stand mit gesenktem Kopf wie angewurzelt da. Erst durch Urs' Worte »Bring Kaffee, Tee und Kuchen!« setzte sie sich fast schon fluchtartig in Bewegung und verschwand aus dem Wohnzimmer.

»Wo waren wir stehen geblieben?«, fragte Urs und lächelte wieder. »Ach ja. Sie fragen sich sicher, wer meine Lady entführt haben könnte. Unser Nachbar war es. Der ist ein richtiger Hundehasser. Mit dem gab es immer

wieder Probleme, wenn meine Lady im Garten war und gespielt hat.«

Sven wurde sofort hellhörig. »Wie hat sich dieser Hass auf Hunde geäußert? Ich vermute mal, es muss schon des Öfteren etwas vorgefallen sein.«

»Ja, ich habe ständig Drohbriefe von ihm in meinem Briefkasten gefunden.«

»Haben Sie die noch?«

»Nein, die habe ich alle weggeworfen. Was soll ich mit diesem Dreck?«

»Okay, das ist schade. Was stand in diesen Drohbriefen?«

»Also an den genauen Wortlaut kann ich mich nicht erinnern, aber in einigen ging es um die angebliche Geruchsbelästigung durch meinen Hund. In dem letzten stand etwas davon, dass er mir mein Liebstes nehmen würde.«

»Und Sie sind sich sicher, dass Ihr Nachbar diese Briefe geschrieben hat? Haben Sie ihn dabei beobachtet, als er sie in Ihren Briefkasten geworfen hat?«

»Nein, natürlich nicht. Aber es kann nur der Nachbar gewesen sein, wer denn sonst?«

»Wie lange wohnt Ihr Nachbar schon hier?«, fragte Jenny.

»Das sind sicher schon zehn Jahre.«

6

Tag 1, abends – Sven und Jenny

»Der Typ ist mir nicht ganz geheuer. Allein schon, wie er sich seiner Frau gegenüber verhalten hat.« Sven schüttelte den Kopf. Erst vor wenigen Momenten hatten er und Jenny das kleine Haus der Familie Gautier verlassen und waren zum Auto zurückgegangen.

»Wage es ja nicht, jemals in Erwägung zu ziehen, mit mir in diesem Tonfall zu sprechen. Oder noch schlimmer, mich zu behandeln, als wäre ich deine Leibeigene.«

Sven lachte laut auf und zog ihren Kopf ganz nahe an sein Gesicht. Dann folgte ein langer, inniger Kuss, bevor er sprach: »¡Cariño[7]! Niemals werde ich das tun. Okay? Und jetzt fahren wir los, schließlich will ich zu meinem Steak. Mir knurrt der Magen.«

Minuten später waren die beiden vor dem Restaurant *Abrasa* angekommen, das unter den Einheimischen als Geheimtipp galt.

***

Zufrieden und satt lehnte sich Sven auf seinem Stuhl zurück. Dreihundert Gramm feines Rindersteak mit kanarischen Kartoffeln und einer Portion Salat hatte er

---

[7]   Liebling

hinuntergeschlungen. In seinem Bauch gurgelte es, das Gefühl der Sättigung hatte zwar bereits während des Essens eingesetzt, dennoch war sein Teller wie leer gefegt.

»Wie kann man nur so viel essen? Das werde ich nie verstehen.« Jenny deutete auf ihren halb vollen Teller – sie hatte gebackenes Gemüse im Bierteig bestellt – und legte ihr Besteck zur Seite.

»Wenn ich *das* essen müsste, wäre mein Teller auch noch halb voll.« Sven lachte. »Gut, noch mal zurück zu unserem neuen Fall. Was denkst du darüber? Glaubst du wirklich, dass nur der Nachbar einen Hass auf ihn hat? Ich meine, Urs ist offensichtlich kein einfacher Zeitgenosse. Da wird es sicher mehrere Leute geben, die einen Groll gegen ihn hegen.«

»Ja, das denke ich auch. Davon abgesehen, die wohnen dort ja schon ewig, und der Nachbar doch auch. Warum sollte der ausgerechnet *jetzt* den armen Hund entführen? Das ist alles sehr merkwürdig.«

»Lass uns nochmals zurückfahren. Ich will mir das Umfeld dort genauer anschauen.«

Gesagt, getan. Sven stand vor dem eingezäunten kleinen Vorgarten, aus dem, wenn man Urs' Aussage Glauben schenken konnte, Lady vor einem Tag entführt worden war. Er rüttelte an den Gitterstäben, die aus dem Betonsockel ragten. Er konnte mit seinen eins neunzig gerade oben drüberschauen, wenn er sich auf die

Zehenspitzen stellte. Jenny hingegen hatte keine Chance, etwas zu sehen. Sie war einen Kopf kleiner als er.

»Also, ehrlich gesagt kann ich mir nicht vorstellen, dass hier jemand eingebrochen ist, ohne dass es einer der Nachbarn bemerkt hätte. Und zwischen dem direkten Nachbarn und dem Haus der Gautiers ist eine Betonmauer, die knappe zwei Meter hoch ist. Die Eingangstür ist besser gesichert als Fort Knox. Also, wie kann dieser Hund verschwunden sein?« Sven fuhr sich mit den Händen durch sein strubbeliges Haar. Er musste nachdenken.

»Ich habe vorhin gesehen, dass es einen Türöffner auf der Innenseite der Säule gibt. Vielleicht kannst du den erwischen? Du bist ja groß genug«, sagte Jenny und zeigte rechts neben das Gartentor.

Sven stellte sich auf die Zehenspitzen und schlang seinen Arm um die Säule. Einen Augenaufschlag später sprang die Tür bereits aus dem Schloss.

»Ich nehme meine vorherige Aussage über Fort Knox soeben zurück. Darüber hat sich wohl keiner Gedanken gemacht.« Sven schaute zu Jenny. »Okay, also unser Täter muss mindestens eins achtzig sein. Und er muss von diesem Türöffner wissen. Das ist Fakt.«

Jenny nickte zustimmend.

7

Tag 2, morgens – Luis

Luis war für seine Verhältnisse heute schon sehr früh unterwegs. Schließlich hatte er so einiges zu besorgen. Sein erster Weg führte ihn in die *Farmacía*. Seine Hände begannen zu zittern, als die Angestellte ihn nach seinen Wünschen fragte.

»Ich brauche eine Flasche Chloroform«, murmelte er fast unverständlich und sah sich bereits umringt von Hunderten Polizisten. Er spürte die Handschellen, die sich in seine Handgelenke fraßen, als die Apothekerin ihn fragte: »Wofür benötigen Sie es?«

Für einen Moment rang er um Worte, doch urplötzlich hatte er eine Idee. »Ich möchte das Baumharz auf meiner Terrasse entfernen.« Innerlich richtete er Dankesworte an Google, das dieses Wissen überhaupt möglich gemacht hatte.

Er wischte sich den Schweiß von der Stirn, als die Verkäuferin mit einer dunkelbraunen Flasche zurückkam. Er musste innerlich lachen, als er ihr das Geld gab. *Warum habe ich bloß so eine Angst? Im Internet stand doch, dass es frei verkäuflich ist. Und es ist nur zur Sicherheit, falls ich*

die Frau betäuben muss. Aber es war eben für ihn das erste Mal, dass er so einen Job ausführte. Klar, er war nicht die Unschuld vom Lande, aber bisher hatte er sich mit kleineren Aufträgen wie Taschendiebstahl und Einbrüchen über Wasser gehalten. Aber eine Entführung. Nein, eine Entführung hatte er noch nie durchführen müssen. Das war für ihn absolutes Neuland.

Ein paar Gehminuten entfernt lag die *Ferretería*[8]. Dort überlegte er vor den Regalen, was man wohl alles brauchte, um eine Frau zu entführen. Gedanklich war er weit weg und ging jeden Teil seines Planes nochmals geistig durch. Da riss ihn ein Telefonanruf aus seinen Überlegungen.

»*¿Digame?*[9]«, sagte er, als er das Gespräch entgegennahm. Er wusste nicht, wer am anderen Ende der Leitung war. Er hatte schlichtweg vergessen, vorab auf das Display zu schauen.

»Esteban hier. Wann brauchst du den Transporter?«

»Heute am späten Nachmittag.«

»Gut. Wer fährt das Teil? Ich meine, kannst du überhaupt so ein großes Auto fahren? Bisher hattest du ja nur einen kleinen Fiat.«

---

[8] Baumarkt

[9] Sag es mir. Umgangssprachlich am Telefon: Ja, hallo?

Luis stockte kurz, bevor er weitersprach: »Ich dachte da an dich. Es springt dabei auch was für dich raus.«

»Will ich wissen, was du vorhast?«, raunte Esteban.

»Je weniger du weißt, umso besser ist es.«

»Ich bin um sechzehn Uhr bei dir. Ja?«

Luis schaute auf seine Uhr. Das Erbstück seines Vaters. Das letzte *Geschenk,* bevor sein Erzeuger ihn mit gerade mal siebzehn Jahren aus dem Haus geschmissen hatte.

»Gut, um siebzehn Uhr geht die Show los. Da haben wir noch Zeit, uns ein Bier zu genehmigen.«

Er beendete das Gespräch, verließ das Geschäft und lief die Straße entlang. Immer wieder bläute er sich die Beschreibung der Frau ein, die er sich auf einem Zettel notiert hatte. *So schwer kann das wohl kaum sein, die zu entführen, oder doch?* Eine ungute Vorahnung kam in ihm hoch. *Was mache ich bloß, wenn sich jemand dazwischendrängt?* Fragen über Fragen beschäftigten ihn, als er wieder in seiner Wohnung ankam.

»Ach, fuck!«, schrie er, als der Hund auf ihn zugelaufen kam. Das hatte er doch glatt vergessen. *Ich muss doch noch Nägel besorgen!*

8

In zwei Tagen, nachts – Antonia

Es war nur ein leises Klicken, das Antonia aus dem Schlaf riss. Wobei sie sich fest vorgenommen hatte, nicht einzuschlafen, doch irgendwann hatte ihr Körper seine Ruhe eingefordert, und sie musste weggedöst sein. Schlagartig war sie wach, und all ihre Sinne befanden sich in Alarmbereitschaft. Sie umklammerte den Baseballschläger, den sie vorsorglich immer mit ins Bett nahm und neben sich in Griffnähe legte. Antonia starrte auf die Tür, zumindest in ihre Richtung, denn aufgrund der Dunkelheit konnte sie die Umrisse dieser nur erahnen.

Sie hielt ihren Atem an und horchte in die Nacht. War das Geräusch, das sie gerade vernommen hatte, ein Schritt gewesen? Oder bildete sie sich das nur ein? Nein, das Geräusch wiederholte sich. Panik stieg in ihr auf. Es war jemand in ihrem Haus. *Er ist in meinem Haus! Er wird mich holen.* Jetzt war ihre Zeit abgelaufen. Gleich würde sie, vor Schmerzen gekrümmt, mit den gleichen toten Augen wie Melodia auf dem Boden vor ihm liegen. Sein triumphierendes Lachen würde aus seiner Kehle quellen. Aber er könnte sie nie wieder anfassen, ihr nie wieder ihre Seele zerbrechen.

Plötzlich, wie im Kino, zogen einzelne Schnappschüsse von ihm durch ihren Kopf. Ein absurdes Bild entstand, und ein heißer Schauer durchfuhr sie durch und durch: Der Baseballschläger lag neben ihm auf dem Boden und wurde von seinem Blut aufgesogen. Sein Schädel war zertrümmert, und immer mehr Gehirnmasse quoll aus ihm heraus. Sie würde als Sieger hervorgehen. Nie wieder könnte er ihr wehtun.

Die Schritte kamen näher und holten sie zurück aus ihren Gedanken. Leise schlich sie zur Tür und umklammerte den Griff des Schlägers, sodass ihre Knochen wie Feuer brannten. Doch all das hielt sie nicht ab von ihrem Plan, den sie bereits Jahre zuvor geschmiedet hatte. Breitbeinig stand sie da, auf alles gefasst. Den Schläger hielt sie über ihrem Kopf. *Komm schon, du Arschloch. Es wird genau so ablaufen, wie ich es gerade in meinen Gedanken gesehen habe!*

Und dann erstarrte sie, und ihre Arme sanken wie automatisch nach unten. *Ein Flüstern!* War das Miguels Stimme? Was passierte da draußen? Und dann traf es sie wie ein Blitz, und schlagartig wurde ihr bewusst, dass er nicht wollte, dass ihr Körper tot war, sondern er wollte ihr das Herz aus der Brust reißen.

Er stiehlt mir meinen Jungen, schoss es ihr durch den Kopf.

Die Schritte verstummten, genauso das Flüstern. Jeden

Moment könnte sich der Knauf drehen, und er würde vor ihr stehen. *Doch diesmal ... diesmal werde ich mich wehren.* Auch wenn ihr Geist zu diesem Kampf bereit war, rannen ihr die Tränen wie Sturzbäche die Wangen herunter. Jahrelang war sie in einen Käfig gedrängt worden. Von ihrer Seele hatte er vollständig Besitz ergriffen. Doch nun war der Zeitpunkt, an dem sie dieses Monster besiegen musste. Sie würde ihm den Dolch mitten ins Herz stoßen. Nur dann wäre sie endlich frei.

Eine knarrende Diele verriet ihr, dass er direkt vor der Schlafzimmertür stand. Es konnte sich nur noch um Sekunden handeln. Wie gebannt starrte sie auf den Knauf.

9

Tag 2, morgens – Sven und Jenny

»Guten Morgen«, sagte Jenny, als sie an den Frühstückstisch trat und Sven einen Kuss auf die Wange drückte. Der Laptop stand auf dem Tisch, und einige Zettel lagen kreuz und quer herum. »Warum bist du denn so früh schon auf?«

Er lächelte sie an und zeigte auf die Notizen vor ihm. Er hatte sich tatsächlich alles über Entführungen von Haustieren auf Gran Canaria in den letzten Jahren herausgesucht. Zumindest was er im Internet an Infos zusammentragen konnte. Auf einem der Papiere stand auch der Name von Urs Gautiers Nachbarn. ›Horst Auf‹ war rot eingekreist.

»Guten Morgen, mein Sonnenschein. Ich konnte nicht mehr schlafen und wollte dich nicht wecken. Obwohl, wenn ich dich so ansehe …« Er deutete auf ihren zierlichen Körper, und sein Blick blieb an ihrem Busen haften, der sich klar unter ihrem Pyjamaoberteil abzeichnete.

Jenny lachte und strich eine Haarsträhne zurück, die ihr ins Gesicht gefallen war. »Hör auf, mich mit deinen Blicken auszuziehen. Ich will jetzt erst mal einen Kaffee, und dann

sollten wir zur Arbeit fahren.« Mit diesen Worten drehte sie ihm den Rücken zu, schaufelte den gemahlenen Kaffee in den Filter der Kaffeemaschine und legte den Schalter um. Dann drehte sie sich zu Sven, der bereits dicht vor ihr stand und nun seine Arme um ihre Hüften schlang. Er beugte sich zu ihr herunter, und sein Dreitagebart kitzelte an ihrem Hals, sodass sie kichern musste. Doch er ließ sich davon nicht irritieren und zog sie an seinen Körper. Jenny hörte das Blubbern der Kaffeemaschine, die sogleich mit einem Zischen signalisierte, dass der Kaffee fertig war. Doch so ganz interessierte sie sich nicht mehr für die schwarze Koffeinbrühe. Auch sie legte ihre Arme um seinen Hals, und er hob sie an ihrem Hinterteil hoch, sodass sie ihre Beine um seine Hüften schlang.

Und dann geschah es: Svens Handy läutete in seiner Hosentasche.

»Nicht mal in der Früh kann man seine Ruhe haben«, murmelte er in Jennys Nacken, dem aufgrund seines Hauches die Haare zu Berge standen. Allerdings machte er keine Anstalten, sein Telefon aus der Tasche zu ziehen, sondern ließ seine Hände unter ihr Oberteil gleiten. Das Klingeln war verstummt, und beide versanken in eine andere Welt und vergaßen alles um sich herum. Doch nur Sekunden später begann das Handy wieder zu klingeln. Sven seufzte, setzte Jenny auf der Küchenarbeitsplatte ab und holte es aus seiner Hosentasche heraus. Er tippte auf

das Display und sagte zu Jenny, bevor er abhob: »Carlos. Wer sollte sonst stören?« Dann schnauzte er ins Telefon: »Ja, bitte?«

»*Hola* Sven. *¿Qué tal?*[10]« Carlos klang unbeeindruckt von dem genervten Unterton, mit dem Sven das Gespräch begonnen hatte.

»Hallo. Was brauchst du denn?« Während er sprach, fuhr er sanft die Außenseite von Jennys Baumwolloberteil entlang, unter dem sich sofort die Brustwarzen aufrichteten.

»Ich? Ich brauche nichts. Du brauchst was von mir! Kannst du dich daran erinnern? Ist knapp eine Stunde her, als du mir die Nachricht geschrieben hast.« Carlos' Lachen drang an sein Ohr.

Nur Sven war nicht zum Lachen zumute. *Hätte er nicht eine Stunde später anrufen können?*

»Äh, ja. Das ist richtig. Also, was hast du für mich?«

»Es gab in den letzten fünf Jahren nur sehr wenige Anzeigen, bei denen Haustiere angeblich entführt wurden. Die meisten davon sind nach kurzer Zeit wiederaufgetaucht. Und bei den anderen ... na ja ... ich befürchte, die sind von einem Auto angefahren worden oder es ist sonst etwas Schreckliches passiert. Was ich damit sagen will – entführt wurde von diesen Tieren vermutlich keines. Es gab zumindest keinerlei Anzeichen

---

10   Hallo! Wie geht es dir?

dafür.« Carlos blätterte hörbar in seinen Akten.

Sven ging zum Tisch und setzte sich auf seinen Stuhl. Er nahm einen Kugelschreiber zur Hand und kritzelte kleine Häuschen auf einen Zettel. »Und wenn ich dich nun nach einer Liste fragen würde, von den Besitzern, die das zur Anzeige gebracht haben …«, sagte Sven und wurde von Carlos unterbrochen.

»Dann müsste ich dir sagen, dass ich dir diese nicht geben kann. Aber du kannst dich auf mein Wort verlassen. Das waren mit Sicherheit keine Entführungen. Und das wird in deinem Fall auch so sein. Das kleinste Loch im Zaun könnte ausgereicht haben, damit der Hund abhauen konnte.«

Sven stand auf und ging im Raum auf und ab. *Nein, da war kein Loch im Zaun.* Das hatten er und Jenny gestern Abend noch überprüft. »Okay, trotzdem danke für die Info. Das hat mir schon mal weitergeholfen.«

»Klar, wenn was ist, dann melde dich, ja?«

Sven beendete das Gespräch und steckte das Handy wieder in seine Jeans. Dann schaute er zu Jenny, die sich Kaffee in ihre Tasse eingegossen hatte und auf dem Weg zum Frühstückstisch war.

Na toll. Das Knistern, das noch Momente zuvor in der Luft gelegen hatte, war wie ein kalter Windhauch verschwunden.

»Und? Das heißt, wir haben nichts. Hab ich das richtig

verstanden?«, fragte Jenny, als sie auf ihrem Stuhl Platz nahm.

»Richtig. Eigentlich haben wir nichts. Der blöde Köter ist sicher einfach nur abgehauen. Wie auch immer er das geschafft hat.«

»Sie heißt Lady.« Jennys Blick durchbohrte ihn.

Sven verstellte seine Stimme und wisperte: »Die süße Lady ist einfach nur zu ihrem Stecher nach Hause gegangen, um sich mal ordentlich durchvögeln zu lassen.«

Jenny boxte ihn in die Seite. »Hör auf, so zu sprechen. Du bist unmöglich.«

***

Eine Stunde später waren die beiden in ihrem Detektivbüro im *Centro Comercial Botanico*. Jenny schrieb soeben die Einkaufsliste für die Lebensmittel, die sie nach der Arbeit besorgen wollten. Sven beschäftigte sich mit dem Abwasch der Gläser und Tassen, die Jenny liebend gerne einfach nur in die Spüle stellte, anstatt sie gleich in den Geschirrspüler zu räumen.

»Schatz, das kannst du dir bald abgewöhnen. So was ist echt eklig«, sagte Sven und schüttete den Rest Kaffee aus einer Tasse in das Waschbecken. »Der ist von gestern. Und sieh mal, was der für Ränder hinterlässt.«

Jenny schaute auf, als Sven ihr mit einem angewiderten Gesichtsausdruck die Tasse zeigte. Noch bevor Jenny antworten konnte, klopfte es an der Tür.

»Hallo?«, sagte die blonde Frau, die in den Raum trat. Den Falten in ihrem Gesicht nach zu urteilen, war sie Mitte fünfzig. »Sprechen Sie Deutsch?«

»Hallo. Ja, natürlich. Wir sprechen Deutsch«, sagte Jenny, stand auf und ging auf die Frau zu, die ihr die Hand zur Begrüßung reichte. »Bitte nehmen Sie doch Platz.«

Die Frau setzte sich auf einen Stuhl. Ihre Handtasche stellte sie auf ihrem Schoß ab und umklammerte mit ihren Fingern den Schultergurt.

»Wie können wir Ihnen helfen?«, fragte Sven, der sich ebenfalls an den Tisch setzte.

Die Frau kaute an ihren Fingernägeln. »Also Folgendes: Ich werde beobachtet. Ach, was heißt beobachtet? Verfolgt werde ich. Dieser Mann ist überall, wo ich auch bin. Ich habe echt Angst, verstehen Sie?«

»Ich würde mal sagen, wir beginnen am Anfang. Wie ist Ihr Name … Gnädigste?«, sagte Sven. Jenny stupste ihn mit ihrem Fuß unter dem Tisch an und schüttelte leicht den Kopf. Sven grinste. *Okay, das Gnädigste war wohl etwas zu weit hergeholt.*

Doch der Frau schien es nicht einmal aufgefallen zu sein, denn sie antwortete auf seine Frage: »Mein Name ist Helga, Helga Brown. Können Sie mir helfen?«

»Dazu brauchen wir mehr Informationen. Frau Brown, waren Sie schon bei der Polizei?«

Sie nickte und räusperte sich. »Ja, aber die können mir

nicht helfen. Es ist ja nichts passiert bisher, sagten sie. Der Unbekannte stand vor meiner Haustür. Er war dunkel gekleidet, mit Sonnenbrille, und die Kapuze hatte er tief ins Gesicht gezogen. Ich hab mich so erschrocken, dass ich geschrien habe. Da ist er dann Gott sei Dank geflüchtet. Aber er lauert mir immer auf. Ich habe wirklich Angst um mein Leben!« Ihre Lippen bebten, als sie fertig gesprochen hatte.

Sven seufzte. *Ja, solange nichts passiert, macht kein Polizist der Welt irgendwas.* »Haben Sie jemanden im Verdacht? Vielleicht einen Ex-Freund von Ihnen?«

Helga Brown lachte laut auf. »Junger Mann, ich bin fünfundsechzig Jahre alt. Mein Ex-Freund geht auf die siebzig zu. Und der braucht Krücken, dass er überhaupt vom Fleck kommt.«

Sven schaute erstaunt zu Jenny, der der Mund offen geblieben war.

»Da staunen Sie, was? Die kanarische Luft macht es möglich, dass ich noch so jung aussehe. Als mein Mann Alfredo noch lebte – Gott hab ihn selig –, sagte er immer, dass ich nur so alt bin wie die Anzahl meiner Falten im Gesicht. Es sind sechsundfünfzig, falls Sie es genau wissen wollen. Mein Mann starb leider vor fünfzehn Jahren. Es kam so plötzlich.« Ihre Augen füllten sich mit Tränen, doch gleich darauf fing sie sich wieder und sprach weiter. »Sie finden doch heraus, was dieser Mann von mir will,

ja? Wann können Sie mit Ihrer Arbeit anfangen? Ich fühle mich wirklich nicht mehr sicher in meinen eigenen vier Wänden. Ich habe zwar ein Auto, aber ich kann doch nicht ständig von zu Hause weg sein. Das geht doch nicht.«

»Nein, natürlich nicht. Das verstehen wir. Wir können sofort damit beginnen, wenn Sie es möchten. Dazu kommen wir zu Ihnen nach Hause. Damit wir das gesamte Umfeld sehen. Wo parken Sie Ihr Auto, wenn Sie zu Hause sind? Hat Ihre Wohnung einen Tiefgaragenplatz?«

»Nein, mein Auto steht auf einem der Parkplätze in der Nähe. Dort, wo eben gerade frei ist. Es ist ein silberner Volkswagen. Eine große Sonne ist auf der Motorhaube. Sie müssen wissen, Alfredo – Gott hab ihn selig –, er liebte die Sonne. Deswegen dachte ich mir, ich klebe eine Sonne auf mein Auto, damit er das von seiner Wolke aus sieht, wenn er auf mich herabblickt.«

10

Tag 2, nachmittags – Esteban

Pünktlich um sechzehn Uhr drückte Esteban auf den Klingelknopf, der im Eingangsbereich des Wohnhauses angebracht war. Gleich darauf hörte er ein Brummen, öffnete die Haustür und stieg die wenigen Stufen hoch in den ersten Stock. Im Treppenhaus roch es muffig und nach Fisch. Und je näher er Luis' Wohnung kam, umso mehr verstärkte sich der Geruch. Ein Kribbeln in seiner Nase zwang ihn zu niesen. Die Wohnungstür war angelehnt. Er klopfte und rief gleichzeitig ein »*Hola!*« durch den Spalt in die Wohnung, bevor er in den viel zu kleinen Vorraum eintrat. Allerdings kam auf seinen Ruf keine Antwort, nur der Moderator im Fernseher, der im Wohnzimmer stand, plapperte. »*Hola, Luis?*«, rief er ein wenig verunsichert und setzte seinen Fuß nach vorne, um ins Wohnzimmer schauen zu können. Aus dem Lautsprecher brüllte der Moderator die neuesten Nachrichten. Das verschlissene grüne Sofa mit den rosaroten Blumen war leer. Der Tisch rappelvoll mit Bierdosen, leeren Gläsern, und an einem Tischbein stand eine halb leere Weinflasche. Wieder kitzelte es in seiner Nase, und das erleichternde Niesen folgte sofort. Esteban

schniefte und wischte sich mit dem Handrücken den Rotz ab. *Verdammt! Ich werde doch nicht krank werden?*

Wieder stieg ihm der Mief in die Nase und löste gleich darauf einen Niesanfall aus. Die Stimme seines Freundes erklang neben ihm.

»Nicht dass du mich ansteckst. Ich kann es mir nicht leisten, krank zu werden.« Luis grinste ihn an, und Esteban hatte damit zu kämpfen, regelmäßig Luft zu bekommen. Und da sah er es. Den Grund! Das braune kleine Ding, das schwanzwedelnd auf ihn zugerannt kam.

Das Jucken in seiner Nasenhöhle wurde stärker. Er wich zurück, als wäre ein riesiges Ungetüm in seine Richtung unterwegs, und schrie Luis an: »Bring das Ding weg! Ich hab eine Hundehaarallergie. Kein Wunder, dass es mich fast zerreißt.«

Während Luis den Hund auf seinen Armen ins nächste Zimmer trug, stürmte Esteban zum Fenster und riss es auf. Er nahm ein paar tiefe Atemzüge, und mit jedem Gramm Sauerstoff, das in seine Lungen gepumpt wurde, besserte sich sein Zustand.

»Willst du einen Whiskey oder doch lieber ein Bier?« Luis stand einige Schritte hinter ihm und lachte laut. Am liebsten hätte Esteban ihn erwürgt, dass er ihm so ein stinkendes Wesen im wahrsten Sinne des Wortes unter die Nase gerieben hatte. Aber woher hätte er von seiner Allergie wissen sollen? Geredet hatten die beiden in den

ganzen Jahren ihrer Freundschaft nie darüber. Warum auch?

»Bier«, sagte Esteban, und Luis reichte ihm eine Dose vom Tisch. Esteban öffnete sie, und schon der erste Schluck war einer zu viel. Zimmerwarmes Gesöff. Einfach ekelhaft. Aber gut, der Whiskey hatte bestimmt die gleiche Temperatur, und den konnte er sich noch weniger vorstellen zu trinken.

»Hast du keinen Kühlschrank mehr? Oder warum ist das Bier warm?« Esteban hatte sich an die Wand gelehnt, um mehr Luft, die durch das offene Fenster in die muffige Wohnung strömte, abzubekommen.

»Der ist gestern Abend noch kaputtgegangen.« Luis zuckte mit den Schultern. »Der Vermieter sagte mir, dass ich in ein paar Tagen einen neuen bekomme. Oder dass er diesen reparieren lässt. Also, entweder warmes Bier oder nix.«

»Okay. Dann eben warmes Bier. Kann ich eh nix machen. Was genau ist nun mein Auftrag? Und wie viel Geld bekomme ich dafür?«

»Hab ich dir doch schon gesagt. Du steuerst nur den Wagen, nicht mehr und nicht weniger.« Luis stand auf und holte aus einer Schublade des Wohnzimmerschrankes eine Pistole hervor, die er sich hinten in den Hosenbund steckte.

»He, Alter! Bist du irre? Was wird das hier? Planst du

einen Banküberfall? Oder einen Mord?« Esteban stellte das Bier auf der Fensterbank ab und wandte sich in Richtung Haustür. Mit solchen Dingen wollte er wirklich nichts zu tun haben. Das ging zu weit. Doch Luis hielt ihn am Oberarm fest, und sein dreckiges Grinsen, das seine gelben Zähne hervorblitzen ließ, wandelte sich gleich darauf in ein lautes Lachen.

»Das ist doch nur zur absoluten Notwehr.« Luis holte das Teil wieder hervor, und Esteban betrachtete es aus der Nähe.

»Du bist dir sicher, dass du auch damit umgehen kannst?«, fragte Esteban zögerlich nach. »Nicht, dass die einfach losballert.«

»Ja, klar. Mein Großvater hat mir den Umgang mit den Waffen gezeigt. Ich war ein kleines Kind, als ich das erste Mal eine in meiner Hand hatte. Also, bist du jetzt dabei oder nicht?«

Esteban nickte. Klar war er dabei.

Luis schaute auf seine Uhr und sagte: »Lass uns losfahren. Sonst erwischen wir sie nicht mehr.«

11

Tag 2, vormittags – Sven und Jenny

»Die ist süß. Schrullig, aber wirklich süß.« Sven stieg aus dem Auto aus, das er vor der Wohnanlage von Helga Brown abgestellt hatte.

»Wie du immer sprichst. Schrullig … sie hat Angst. Verstehst du das nicht?«, sagte Jenny und schaute ihn mit einem giftigen Blick an.

»Na ja, sie konnte uns keine genaue Beschreibung von dem Mann geben. Ist schon merkwürdig, oder nicht?«

»Der Mann hatte seine Kapuze tief ins Gesicht gezogen. Eine Sonnenbrille auf der Nase. Und so nah wollte sie nicht zu ihm hingehen, hat sie dir ja gesagt.«

»Ja, schon gut. Lass uns hier mal ein wenig die Anlage besichtigen. Wir schauen mal, ob wir ihren Verfolger irgendwo entdecken. Kann anhand der Beschreibung doch nicht so schwer sein, oder?« Sven zwinkerte Jenny zu, die nur die rechte Augenbraue hochzog.

Die beiden umrundeten das rote Wohnhaus. Frau Brown lebte in einem der vielen Wohnblöcke, die in San Fernando meistens die Einheimischen beherbergten. Touristen sah man in dieser Gegend eher selten. Als sie an der einen Ecke angekommen waren, blieb Jenny stehen.

»Sven, sieh mal«, sagte sie und deutete auf den Maschendrahtzaun vor ihnen. »Das ist der Spielplatz von San Fernando. Vielleicht sollten wir uns da mal umsehen und nach dem Mann Ausschau halten. Was meinst du?«

»Denkst du, der lungert auf dem Spielplatz rum? Und wartet vielleicht noch auf uns?« Svens freches Grinsen zog sich bis zu seinen Ohren. Und wären die nicht gewesen, dann wäre es ein Rundumgrinser geworden.

»Du bist doof«, sagte Jenny und stapfte bereits den Weg entlang. Sven folgte ihr, wenn auch missmutig. Sie gingen über den Außenpfad, an dem Basketballplatz vorbei, auf dem sich gerade einige Jugendliche ein Match lieferten. Spanier – anhand des lauten Geschreis nicht zu überhören.

Sven blieb nach einigen Schritten stehen und schaute sich nach allen Seiten um.

Jenny bemerkte das sofort. »Was ist denn los?«

»Da drüben muss doch der Tierarzt sein, oder? Also sind wir hier doch in der Nähe von diesem Schweizer, der seinen Hund vermisst«, sagte er nach kurzem Zögern.

Jenny schmunzelte. »Ja, du Dummerchen. Und ihr Name ist Lady. Schau mal da vorne. Ist das nicht die Frau von ihm? Wie hieß sie noch mal?« Jenny überlegte kurz und kramte in ihren Erinnerungen. »Onna hieß sie, oder? Sie hat ein kleines blondes Mädchen an der Hand. Hast du in dem Haus ein Mädchen gesehen? Lass uns mal zu ihr

rübergehen.«

»Was soll denn das bringen? Die redet ja eh kein Wort mit dir. Die lässt sich von ihrem Ehemann, diesem Scheusal, wenn ich das so sagen darf, unterbuttern.«

Jenny legte ihren Zeigefinger an ihr Kinn. »Stimmt. Ich rede allein mit ihr. Und du gehst zu unserer Kundin, okay? Ich komme gleich nach. Sie wohnt im zweiten Stock.«

»Ich? Ich soll allein zu dieser schr… netten alten Dame gehen?« Sven stemmte seine Hände in die Hüften.

»Ja, die freut sich sicher, wenn sie einen hübschen jungen Mann in ihrer Wohnung hat. Vielleicht macht sie sich ja auch noch extra hübsch für dich.«

»Jetzt komm ich mir vor wie ein Callboy. Ich nehme ja auch noch Geld für meine Dienstleistungen. Boah. Danke für mein Kopfkino. Du bist so was von fies.« Sven drehte sich um und ging in Richtung des roten Wohnblockes zurück.

Jenny schrie ihm hinterher: »Bitte, gern, mein Schatz«, und lachte lauthals.

Onna hatte soeben auf einer der etlichen Parkbänke, die in der Nähe des Kletterturmes standen, Platz genommen. Nach wenigen Schritten hatte Jenny sie erreicht und setzte sich direkt neben sie. Onna hatte ihren Blick auf das Klettergerüst gerichtet. Ein blondes Mädchen von etwa vier Jahren turnte auf dem Spielgerät herum.

»Ist das Ihre Tochter?«, sagte Jenny, und Onnas Körper

durchzuckte es wie ein Blitz. Mit großen Augen starrte sie sie an. »Entschuldigung. Ich wollte sie nicht erschrecken.« Jenny legte ihre Hand auf ihren Unterarm.

Onna nickte nur und richtete ihren Blick wieder auf das kleine Mädchen, das den beiden mit einem Lachen im Gesicht zuwinkte. Zaghaft winkte Onna zurück, und sogar der Anflug eines Lächelns huschte über ihre Lippen.

Jenny wusste nicht so recht, wie sie mit ihr ins Gespräch kommen sollte. Somit saßen sie einige Momente einfach schweigend nebeneinander, bevor Jenny versuchte, das Gespräch in Gang zu bringen. »Meine Nichte ist dieses Jahr sechs Jahre geworden. Kinder werden so schnell groß. Mir kommt es vor, als wäre es gestern gewesen, dass ich sie in meinen Armen wog und ihr das Fläschchen gab. Wie die Zeit vergeht, nicht wahr?«

Onna nickte, blieb aber stumm.

Und Jenny ärgerte sich über ihre eigene Dummheit. *Ich muss mir eine Frage einfallen lassen, die sie nicht mit einem Nicken oder einem Kopfschütteln beantworten kann.* Plötzlich hatte sie eine Blitzidee, die sofort aus ihr heraussprudelte: »Wie lange leben Sie und Ihr Mann schon auf Gran Canaria?«

Onna blickte sie an und deutete mit ihren Fingern zweimal zehn Jahre. Da erkannte Jenny, dass Onna nicht sprechen konnte. Jetzt war auch so viel klar. *Ist ihr Mann*

schuld an der Stummheit, oder ist sie von Geburt an stumm? Diese Frage kreiste vor ihren Augen, ohne dass sie den Mut fand, sie zu stellen. Wie sollte man so etwas auch fragen? Sie erkannte, dass es im Moment keinen Sinn hatte, die Unterhaltung fortzuführen, daher verabschiedete sie sich von Onna, stand auf und machte sich auf den Weg zum Wohnblock von Frau Brown.

Kurz bevor sie am Basketballplatz angelangt war, hörte sie ein Mädchen schreien. Jenny drehte sich um und sah eine groteske Situation. Im ersten Moment stand sie wie versteinert da, doch dann …

12

Tag 2, nachmittags – Esteban

Gemeinsam mit Luis hatte Esteban die Sitze aus seinem Minivan herausgenommen. Die Seitenscheiben sowie die hintere beklebten sie mit Zeitungspapier. So ganz verstand Esteban zwar nicht, warum, stellte aber auch keine Fragen diesbezüglich. Warum auch? Schließlich bekam er ein paar Hundert Euro nur dafür, dass er als Fahrer fungierte und sein Auto zur Verfügung stellte. Das reichte ihm voll und ganz.

»Wo fahren wir hin?«, fragte Esteban und startete den Motor.

»Nur ein paar Straßen weiter.« Luis deutete mit der Hand nach links, und Esteban fuhr los.

Nach wenigen Minuten wies Luis ihn an, rechts ranzufahren. »Warte hier auf mich. *¿Vale?*[11]«, sagte er noch, bevor er aus dem Wagen ausstieg.

Esteban schaute sich um. Er erkannte den *Parque multifuncional* wieder. Sein Blick schweifte Luis hinterher, der gerade in einem der vielen Eingänge zum Park verschwand und dort fast mit einer jungen Frau zusammenstieß, die ihren Sohn auf den Armen trug.

---

[11]   Okay?

Esteban versetzte es einen Stich mitten ins Herz, als er den traurigen Blick des kleinen Jungen sah. Vermutlich hatte seine Mutter ihn gerade vom Spielplatz weggeholt, obwohl er doch so toll gespielt hatte. Wie gern hatte Esteban als Kind in der Sandkiste gebuddelt. Doch diese Momente konnte er an einer Hand abzählen.

Plötzlich kamen die Erinnerungen hoch, die er glaubte tief in seinem Innersten weggeschlossen zu haben.

An seinen Vater, der ihn nachts aus dem Bett zerrte und grün und blau schlug in seinem Suff. An seine Mutter, die mit ihm niemals auf dem Spielplatz war. Viel lieber löste sie ihre Kreuzworträtsel. *Ich hasse Kreuzworträtsel.* Und wieder sein Vater, der im Unterhemd tagein, tagaus auf dem Sofa lümmelte, seine Sportsendungen schaute und ein Bier nach dem anderen in sich hineingoss. An das tägliche Geschrei, das besonders spätabends in sein Zimmer drang. Die Schreie seiner Mutter. Das Geschirr, das auf dem Fliesenboden in tausend kleine Teile zerbarst. All das war präsent in seinem Kopf und fühlte sich an, als wäre es erst gestern passiert.

Doch plötzlich tauchte die Person vor seinem geistigen Auge auf, die er noch immer liebte. Die schon vor langer Zeit die hiesige Welt verlassen hatte, doch in seinem Herzen weiterlebte. *Abuela*[12]. *Ich vermisse dich. Ich vermisse unsere Ausflüge in die Parks. Ich vermisse deine*

---

[12]   Großmutter

Nähe und deine Zärtlichkeit.

Esteban seufzte, und das Lachen seiner Oma klang noch in seinen Ohren, als die hintere Tür aufgerissen wurde und Luis schrie: »Jetzt hilf mir doch, du Idiot.« Er sah in den Rückspiegel, und was er da erblickte, ließ sein Herz höherschlagen. *Nur einmal anfassen!*

Er sprang aus dem Van und rannte zur Rückseite.

»Rein da«, sagte Luis und fuchtelte wie wild mit der Pistole vor der Nase einer Frau herum. Sie drückte ein kleines Mädchen, vermutlich ihre Tochter, fest an sich. Esteban kam ganz nahe an die Kleine heran. Er legte seine Hand auf ihr Haar und fühlte ein Kribbeln in seiner Magengegend. Es fühlte sich wie Flügelschlagen an.

»Lassen Sie die beiden gehen!«

Esteban drehte sich um und sah eine braunhaarige Frau, die auf Luis und ihn zustürmte. Wie eine Furie stürzte sie sich auf ihn und schlug ihm mit der Faust mitten ins Gesicht. Esteban reagierte blitzschnell und schubste sie mit ausgestreckten Händen von sich fort. Die Frau strauchelte, versuchte, sich an irgendeinem Teil des Wagens festzuhalten, schlug mit ihrem Kopf gegen die Laderaumtür und ging bewusstlos zu Boden.

Esteban schaute zu Luis, der offenbar auch nicht fassen konnte, was soeben passiert war. Er war der Erste, der seine Sprache wiederfand. »Los. Pack mit an. Wir müssen die auch mitnehmen.« Dann drehte er sich zu der Frau

mit dem Kind um, die noch immer wie angewurzelt dastand, und herrschte sie an: »Einsteigen, sofort! Sonst knall ich die Kleine ab!« Er zielte mit dem Lauf seiner Pistole auf den Kopf des Mädchens.

Die Frau hob ihre Tochter ins Auto, und auch sie setzte sich auf den Boden des Wagens. Sie ließ die beiden Männer allerdings nicht aus den Augen, was Esteban sehr missfiel, und er murmelte zu Luis, der die Füße der unbekannten Frau anhob: »Die soll aufhören, mich anzustarren. Ich werde ihr sonst zeigen, was man noch alles mit Augen machen kann.« Die Frau nahm ihren Blick von ihm und starrte auf ihre Füße, die sie an den Körper gezogen hatte. Ihre Tochter hatte ihr blondes Köpfchen an den Oberkörper der Mutter gelehnt, und diese legte schützend einen Arm um das Mädchen.

Esteban packte die junge Frau, die am Boden lag, an ihren Schultern, und Luis nahm ihre Beine. Sie wuchteten sie ins Auto, wo sie unsanft aufkam. Es entfuhr ihr ein leises Stöhnen, dennoch öffnete sie nicht ihre Augen.

»Lass uns fahren«, sagte Luis, der die beiden hinteren Türen zuschlug.

»Sollten wir die nicht fesseln?« Esteban fragte sich, ob das nicht ein wenig zu leichtsinnig von seinem Freund war. Schließlich könnten die jederzeit nach vorne krabbeln und ihm ins Lenkrad greifen. Doch als Luis den Kopf schüttelte und auf seine Pistole zeigte, zuckte Esteban nur

mit den Schultern. Sein Auftrag bestand ja nicht darin, Fragen zu stellen, sondern das Auto zu fahren. Um den Rest würde sich Luis kümmern müssen.

Er öffnete die Fahrertür, und kurz bevor er sich auf seinen Sitz sinken ließ, sah er im Augenwinkel die blonden langen Haare. Und die Sehnsucht nach einer Berührung kam sofort wieder in ihm hoch. Seine Gedanken beschäftigten sich mit der Frage: *Wie kann ich Luis davon überzeugen, die Kleine mit zu mir zu nehmen?*

13

»Verfickte Scheiße!«, fluchte Sven, als er zum wiederholten Mal versuchte, Jenny auf dem Handy zu erreichen. Immer wieder meldete sich nur die Mailbox. Er war bei der schrulligen Alten in der Wohnung gewesen, hatte sich von ihr alles zeigen lassen, sogar das Schlafzimmer, das bei ihm ein Gefühl des Unbehagens ausgelöst hatte. Dann hatte er artig auf dem Sofa gesessen und sich die ganze Geschichte nochmals erzählen lassen. Natürlich bei einer Tasse Kaffee aus dem Porzellangeschirr, das selbst noch eine Geschichte besaß, die Frau Brown ihm prompt ebenso erzählte. Jenny wäre so stolz auf ihn gewesen. Aber sie war nicht gekommen. Und jetzt rannte er bereits das gefühlt hundertste Mal den Park ab und sah sie nirgends.

»JENNY!«, brüllte er über das Gelände. Einige Mütter, die mit ihren Kindern auf dem Spielplatz waren, drehten sich zu ihm um, doch niemand eilte ihm zu Hilfe. *Was wäre, wenn Jenny meine Tochter wäre? Keiner würde mir helfen, sie zu suchen. Die Welt ist so krank, und die Menschen kümmern sich nur mehr um sich selbst.*

Zum Auto war er bereits gelaufen. Doch auch da hatte

er sie nicht angetroffen. Aber immerhin war es einen Versuch wert gewesen.

Auch bei den Gautiers hatte er es probiert. Doch dort blieb ihm die Tür verschlossen. Weit und breit keine Spur von Jenny.

Ihm wurde von einer Sekunde auf die andere heiß. Wie ein tonnenschwerer Stein lastete der Verdacht auf ihm, dass Jenny den Platz hier nicht freiwillig verlassen hatte. Es musste definitiv etwas passiert sein.

»Was soll ich bloß tun?«, murmelte Sven. Er stand nach wie vor mitten auf dem Spielplatz. Er fühlte sich allein. *Soll ich Carlos anrufen und ihm erzählen, dass Jenny verschwunden ist? Aber wenn sie mir einen Streich spielt, mache ich mich bloß zum Affen.*

Wieder drehte er sich in alle Richtungen und hoffte, sie doch noch irgendwo zu entdecken. Sosehr er sich auch bemühte, sie blieb wie vom Erdboden verschluckt.

Und plötzlich sah er ihn. Den Mann mit der Sonnenbrille und dem Kapuzenshirt, der sich dem Haus von Helga Brown näherte. Sein Gesicht verbarg er geschickt, indem er den Kopf gesenkt hielt. *Das muss der Typ sein, vor dem die alte Dame Angst hat.*

Sven setzte sich langsam in Bewegung und fixierte den Kerl, der sich wie selbstverständlich auf den Wohnblock zubewegte, allerdings einige Meter davor unschlüssig stehen blieb und mit der Spitze seines Turnschuhs am

Boden Kreise zog.

Hast du Scheißkerl meine Jenny entführt? Hast du ihr was angetan? Diese Fragen rasten durch seinen Kopf. Svens Schritte wurden immer schneller, bis er zum Laufen überging. Er ballte seine Hände zu Fäusten. *Dir werde ich es schon noch zeigen, Freundchen.*

Doch seine Annäherung blieb nicht unbemerkt. Der Mann schaute genau in seine Richtung, und als er erkannte, dass Sven zu ihm wollte, ergriff er kurzerhand die Flucht. Sven sprintete los, als ob der Teufel hinter ihm her wäre.

»Du entwischst mir nicht«, schrie er dem Fremden hinterher, der schon über die Straße lief und über den Vorplatz der nächsten Wohnsiedlung. Dann bog er um die Ecke und war aus Svens Blickfeld verschwunden. Dieser kam nur Sekunden später an der Hausecke an, und als er freie Sicht hatte, konnte er nicht glauben, was sich vor seinen Augen abspielte.

14

Tag 2, nachmittags – Luis

Das ist echt nicht so gelaufen, wie ich es wollte. Was mach ich nur mit der? Luis starrte nach hinten und schaute zu der Frau, die auf dem Boden des Vans lag. *Warum musste sie sich auch einmischen?*

»Was machst du jetzt mit ihr?«, fragte Esteban und nahm kurz seinen Blick von der Fahrbahn.

»Kannst du Gedanken lesen? Ich hab mich eben dasselbe gefragt. Und ehrlich gesagt habe ich keine Ahnung. Einfach so laufen lassen, geht wohl nicht mehr. Sie hat uns definitiv gesehen und wird das sicher auch bei der Polizei melden. Ich werde sie wohl oder übel verstecken müssen. Oder … keine Ahnung.« Luis seufzte schwer.

»*Vale*. Wie du meinst. Also, wo willst du die drei hinbringen? Ich meine, du weißt ja, dass ich eine Wohnhöhle habe in der Nähe von Santa Brígida. Die beiden Schlafzimmer sind direkt in den Felsen gebaut und haben keine Fenster. Dort können wir locker alle drei verstecken. Und es gibt keine Möglichkeit zu fliehen. Was hältst du davon?«

Luis schaute auf seine Armbanduhr und warf dann

einen prüfenden Blick nach hinten. Er wog ab, ob sich das Risiko, mit der kostbaren Fracht quer über die halbe Insel zu fahren, lohnen würde. In seinem Schuppen in der Nähe hatte er bereits alles für seine *Gäste* vorbereitet. Allerdings für einen zu wenig. Und das könnte sich schon als Problem herausstellen. Nach wenigen Momenten sprach Luis: »Gut, lass uns zu deiner Höhle fahren. Danke für dein Angebot und dass du mir aus der Klemme hilfst.«

»Klar doch. Wir sind doch *Amigos*[13], oder nicht?«

***

Sie fuhren auf der GC 15, und Esteban nahm die Ausfahrt Santa Brígida. Luis' Handy läutete. Ein kalter Schauer überkam ihn, als er auf dem Display den Namen des Anrufers erkannte. *Wie um alles in der Welt soll ich dieses Problem erklären?,* fragte er sich, bevor er das Gespräch entgegennahm.

»*Hola.* Es ist alles klargegangen.« Er sprach mit zittriger Stimme und hoffte, dass sein Gesprächspartner dies nicht bemerkte. Und sein Plan schien aufzugehen.

»Wir treffen uns in vierundzwanzig Stunden zur Übergabe der Ware. Du weißt, wo?«

»Ja, klar doch.«

Mit einem Klicken wurde das Telefonat beendet. Das Zittern seiner Hand hatte allerdings noch nicht aufgehört, was auch von Esteban nicht unbemerkt blieb.

»Na? Alles klar?« Esteban lächelte freundlich.

---

[13]   Freunde

15

Tag 2, nachmittags – Sven

Hat der Mut-Tabletten gefressen?, dachte sich Sven, als der Mann, den er soeben noch verfolgt hatte, auf ihn zustürmte.

Sven ballte sofort seine Fäuste und machte sich auf den Angriff gefasst. Leider um eine Sekunde zu spät, denn der Angreifer verpasste ihm einen Kinnhaken, der ihn von den Füßen hob und unsanft auf dem Boden aufkommen ließ. *So ein schmächtiges Männchen, und so stark.* Er griff sich an den Unterkiefer und sah gerade noch, wie der Unbekannte hinter der nächsten Mauer verschwand.

»Das ist ... ist ...«, schrie er und knallte seine Faust auf den Boden, was er sogleich bereute, da sich die Kieselsteine in sein Fleisch bohrten. »Shitfuck!«

Schmetterlingshurensohn!, schrie er dem Flüchtenden in seinen Gedanken hinterher. Er spürte, wie Tränen in seine Augen traten. Er blinzelte und versuchte, diese wegzubekommen. *Nee, nee, ich heul hier jetzt nicht wie ein Baby!* Sven raffte sich auf, atmete tief durch und hoffte inständig auf ein Wunder. Jenny war weg. Der Einzige, der ihm sagen konnte, wo sie sich befand – zumindest seiner Meinung nach –, war geflohen. *Was nun? Was mach ich*

nun? In diesem Moment war er nicht fähig, auch nur einen vernünftigen Gedanken zu fassen.

Sein Telefon läutete, und er holte es aus der Hosentasche.

»Carlos«, stammelte er. »Jenny ist weg. Bitte komm her und hilf mir suchen.«

»*Cómo*[14]? Wie weg? Wo bist du?« Ein Knarren war im Hintergrund zu hören.

»Verschwunden ist sie. Ich finde sie nicht mehr. Ich bin in San Fernando. In der Nähe des *Parque multifuncional.*«

»Cristiano!«, rief Carlos so laut, dass Sven das Handy von seinem Ohr nehmen musste. Dann vernahm er verschiedene Stimmen, allerdings konnte er nicht verstehen, was gesprochen wurde. Kurz darauf sagte Carlos: »Ich brauche fünf Minuten. Wo genau bist du?«

»Am Eingang zum Spielplatz, gegenüber der Tierarztpraxis. Ich warte dort auf dich.« Seine Füße fühlten sich unendlich schwer an, fast so, als wären sie in Blei gegossen, als er sich wieder in Bewegung setzte, um an den Treffpunkt zu gelangen.

Die erste Träne bahnte sich ihren Weg über seine Wange. Sein Herz klopfte so stark gegen seinen Brustkorb, dass er glaubte, es würde gleich die Rippen sprengen und ihm die Luft zum Atmen nehmen. Nur das eine Bild vor seinen Augen gab ihm die Kraft, sich auf den Beinen zu

---

14   Wie?

halten.

Das Bild von Jenny, die ihn mit ihren rehbraunen Augen anfunkelte. Die Frau, die er von Herzen liebte. Trotz oder vielleicht gerade wegen der kurzen Zeit, die sie sich kannten, und der gemeinsamen Erlebnisse hielten sie zusammen wie Pech und Schwefel und waren seit der einen Nacht, die Glück und Unglück in einem war, immer zusammen gewesen. Keine Sekunde seines Lebens wollte er je wieder ohne sie sein. Und doch war er es jetzt.

Gedankenverloren schlich er dem Eingang vom Spielplatz entgegen. Und er hatte noch immer keine Ahnung, was genau er Carlos erzählen sollte. Und wer dieser Typ war, der ihm einen Kinnhaken verpasst hatte. Und vor allem, was um alles in der Welt hier vor sich ging?

16

In einem Tag, nachts – Antonia

Die Schritte im Flur waren verstummt. Antonia stand noch immer regungslos da und wartete auf den Angreifer. Wartete auf ihn.

Doch es waren gefühlte Stunden vergangen, seitdem sie von draußen ein Geräusch gehört hatte. Sollte sie einen Blick in den Flur wagen? Wartete er dort auf sie? Oder schlimmer noch – hatte er bereits, was er wollte?

Sie presste ihr Ohr an die Tür, doch sie vernahm nur Stille. Beängstigende Stille. Langsam umgriffen ihre Finger den Knauf. Tränen schossen ihr in die Augen. Sie konnte das Zittern ihres Körpers nicht mehr unterdrücken. Als ihr ein Seufzer entfuhr, schreckte sie zurück. In ihren Ohren rauschte es, und der Herzschlag pumpte das Blut schneller durch ihre Adern. Doch die Angst lähmte ihre Atemwege und zog ein unsichtbares Seil um ihren Hals.

Soll ich es wirklich wagen? Was wäre, wenn er nur auf diesen Moment gewartet hat? Bin ich bereit, ihn zu töten? Fester umklammerte sie den Griff des Baseballschlägers. Ja, sie war bereit. So was von bereit. In ihr wallte die Wut auf, die sie jahrelang unterdrückt hatte. Die Bilder von Melodia verschwammen vor ihren Augen, und sie sah nur

ihn, wie er höhnisch lachte. Das Blut ihrer Tochter klebte an seinen Händen.

»Stirb endlich, du Monster!«, schrie sie, als sie die Tür mit einem Ruck aufriss. Den Schläger hob sie zeitgleich in die Höhe, doch sie erstarrte zu Stein, als sie ihn sah. Da stand er. ER! Trotz der Dunkelheit konnte sie den unbändigen Hass in seinen Augen blitzen sehen. Dieses Feuer, das alles, was in seine Hände geriet, auslöschte.

Ohne Vorwarnung durchfuhr sie der Schock bei dem Anblick, was an seiner Seite kauerte. Seine Hand war auf Miguels Mund gepresst, ihr Sohn stand stocksteif da. Sie konnte seine schnelle Atmung hören. Und auch seine Angst spürte sie in jeder Faser ihres Körpers.

Und da war es wieder. Dieses höhnische Lachen, das sie bis in ihre Träume verfolgte. Das sie so sehr hasste, wie sie ihn mal geliebt hatte.

»Du Schlampe! Hast du etwa gedacht, du entkommst mir?«, fragte er und trat einen Schritt näher auf sie zu.

Der beißende Gestank, der von ihm ausging, vernebelte ihre Sinne. Doch einen Augenaufschlag später war sie wieder im Kampfmodus. Wenn sie ihm jetzt den Schläger über den Kopf zog, könnten sie und Miguel die Gunst des Augenblicks nutzen und abhauen. Wohin auch immer. Alles war besser, als hierzubleiben. Denn hier roch es nach Tod. Ihr Hirn gab den Befehl, doch der Körper rührte sich nicht. Sie war wie festgefroren, obwohl sich in

der ganzen Wohnung die Hitze staute.

»Was ist jetzt?«, schrie er sie an. »Dann schlag endlich zu! Oder traust du dich etwa nicht?«

Durch seine Worte löste sich ihre Versteinerung. Mit einem Schrei stürmte sie die beiden Schritte auf ihn zu. Genau in diesem Moment, noch bevor das Holz seinen Schädel traf, hörte sie ein lautes Knacksen. Wie Knochen, die brachen. Miguel sackte in Zeitlupe in sich zusammen und blieb regungslos am Boden liegen. Auch sein Brustkorb bewegte sich nicht mehr.

Er ist tot!

Ein schallendes Lachen ertönte und hallte durch ihren Gehörgang. »Und du bist die Nächste!«

17

Tag 2, nachmittags – Jenny

Jenny öffnete ihre Augen. Sie sah gar nichts. Keinen Lichtstrahl. Sie hörte kein Geräusch. Rein gar nichts. Sie hob ihren Kopf an, und ein Brennen zog sich sofort durch ihren Hinterkopf. Sie wollte mit ihrer Hand ihren Kopf stützen, allerdings waren ihre Hände auf dem Rücken gefesselt. Sie zerrte daran, doch die Fesseln ließen kaum Bewegungsfreiheit zu.

Was ist hier los? Wo bin ich hier? Was ist passiert?

Langsam kamen die letzten Minuten wieder in ihr Hirn. *Wo sind Onna und ihre Tochter? Sind sie auch hier?*

»Onna?«, flüsterte Jenny und lauschte. Keine Antwort. Sie räusperte sich. »Onna!« Diesmal lauter als zuvor. Doch es kam wieder keine Antwort. Jenny rollte sich auf die Seite, und mit großer Anstrengung schaffte sie es, sich aufzurichten. Allerdings war dies im Moment auch das Ende ihres Planes, denn weiter hatte sie nicht gedacht.

Und nun? Wie komme ich hier bloß wieder raus? Und wo ist Onna? Wieder durchbohrte ein Schmerz ihren Schädel. Sie zuckte zusammen und verharrte in ihrer Position, bis das Pochen nachließ und halbwegs erträglich wurde.

»Jenny, streng dein Hirn an. Was ist als Erstes zu tun?«, murmelte sie vor sich hin. Sie wog ihre Möglichkeiten ab.

Ich muss hier raus, dazu muss ich erst mal wissen, wo ich bin. Und dafür muss ich erst meine Fesseln an den Handgelenken loswerden.

Der Entschluss war gefasst. Wieder rieb sie ihre Hände gegeneinander. Außer dass die Haut aufriss und schmerzte, passierte leider nichts, und das Seil zog sich straffer um ihre Gelenke. Plötzlich bekam sie ein Ende des Seiles mit ihren Fingern zu fassen. Als sie daran zog, verstärkte sich der Druck um ihre Bauchgegend.

Das Seil ist um meinen Körper gewickelt, dachte sie und tastete an ihrem Rücken nach dem vermeintlichen Knoten. Den hatte sie schnell gefunden. *Wie gut, dass ich Yoga mache*, dachte sie sich und pulte an dem Seil so lange herum, bis sich der Knoten endlich löste. Sie zog es von ihrem Bauch, und somit lösten sich auch ihre Handgelenke aus den Fesseln. Langsam tastete sie sich vorwärts, bis sie eine unebene Wand spürte. Ein Schauer durchfuhr ihren Körper. Felsenähnlich fühlte es sich an und feucht.

»Teil eins des Planes erledigt. Nun folgt Teil zwei. Raus hier.« Jenny schleckte mit ihrer Zunge über den Zeigefinger und hielt diesen in die Luft. Doch sie spürte keinen Luftzug. Sie setzte einen Fuß nach vorne und arbeitete sich so an der Wand entlang, bis sie auf eine Metalltür stieß.

18

Tag 2, nachmittags – Carlos

Es dauerte knapp fünf Minuten, bis Carlos Muñoz Díaz mit seinem jüngeren Kollegen Cristiano bei Sven auf dem Parkplatz in San Fernando eintraf. Schon aus der Ferne wirkte Sven verstört, und Carlos war schlagartig in die Zeit zurückversetzt, als auch er von seiner geliebten Sarah getrennt worden war.

»*Madre mía*[15]«, entfuhr es Cristiano, und er zeigte auf Sven, der wie ein Häufchen Elend auf dem Betonboden vor dem Eingang zum Spielpark saß und ins Leere starrte.

»Wir müssen schnellstmöglich rausbekommen, was los ist. Die Suchmeldung nach Jenny hast du bereits rausgegeben?«

Cristiano nickte und parkte den Wagen. Carlos wartete nicht ab, bis dieser stand, sondern öffnete die Tür, noch während der Wagen rollte. Schnellen Schrittes ging er auf Sven zu. Dieser schien seine Ankunft nicht bemerkt zu haben, denn er bewegte sich nicht, obwohl er in seine Richtung schaute.

»Sven«, rief Carlos ihm zu, und als er ihn endlich erreicht hatte, packte er ihn bei den Schultern und zog ihn

---

[15]   Meine Güte

in die Höhe. »Reiß dich zusammen, bitte. Es zählt jetzt jede Sekunde. Ich weiß, wie du dich fühlst. Auch Sarah war einmal in den Fängen eines Irren. Du musst mir alles sagen, was du weißt.«

Carlos hatte das Gefühl, als hätte er einen schweren, nassen Sack in seinen Händen. Svens Körper war lasch und drohte seinen Händen zu entgleiten und in sich zusammenzuklappen.

Wieder schüttelte Carlos ihn und herrschte ihn an: »Sven! Sprich endlich!«

»Sie ist einfach weg. Und ich weiß nicht, wo sie ist«, stammelte Sven vor sich hin.

»Und die Täter haben dich k. o. geschlagen, als du sie retten wolltest?«, sagte Cristiano und zeigte auf den roten Fleck an Svens Kinn.

Sven schaute in Cristianos Augen. Plötzlich wirkte er ganz klar, und seine Muskeln spannten sich wieder an, sodass Carlos ihn loslassen konnte. »Nein, ja. Ich weiß es nicht. Ich bin einem Typen gefolgt, der eine Klientin von uns stalkt. Der hat mir einen Kinnhaken verpasst. Aber Jenny war nicht bei mir. Sie hat sich mit Onna Gautier unterhalten auf dem Spielplatz.« Sven zeigte auf die Parkbank, die in der direkten Nähe des Klettergerüstes stand.

»Wer ist diese Frau«, fragte Carlos. »Ist das die, die gestalkt wird?«

»Nein. Ach, egal jetzt. Das wird zu kompliziert. Ihr müsst meine Jenny finden.«

»Sven! Wir brauchen Informationen, was passiert ist. Also, wer ist nun wer?«, sagte Carlos und schaute Sven mitfühlend an.

»Also«, sagte Sven und in den nächsten Minuten erzählte er Carlos und Cristiano von Helga Brown und seinem Auftrag. »... und als ich mich aufgerappelt hatte von dem Kinnhaken, war der Typ bereits über alle Berge.«

»Okay, und auch bei den Gautiers hast du es bereits versucht? Lass uns gemeinsam dorthin gehen. Vielleicht waren Jenny und sie nur etwas trinken, und sie hat ihr Handy versehentlich aus.«

Sven nickte und schlurfte in Richtung des Hauses der Gautiers. Dort angekommen drückte Carlos auf die Klingel. Sekunden später wurde die Haustür aufgerissen, und Urs Gautier rannte ihnen mit zerzausten Haaren entgegen. »Gut, dass Sie so schnell gekommen sind«, sagte er atemlos. »Meine Tochter Lina wurde entführt.«

Carlos wollte gerade zu einer Begrüßung ansetzen, hielt dann aber plötzlich inne und ließ die Worte, die er soeben gehört hatte, nochmals Revue passieren. »Ich bin Inspektor Muñoz Díaz. Mein Kollege Ruiz Gomez. Herrn Wagner kennen Sie ja bereits. Also Ihre Tochter ist verschwunden? Wo ist Ihre Frau? War sie in der Nähe, als es passiert ist?«

19

Tag 2, nachmittags – Esteban

Jetzt muss ich nur noch Luis loswerden, dann bin ich endlich mit meinem kleinen blonden Schatz allein, dachte Esteban und ließ seinen Blick in dem Wohnzimmer umherschweifen. Erst vor wenigen Minuten waren sie an der Höhle von Esteban angekommen und hatten ihre wertvolle Fracht sicher verstaut. Luis hatte es sich auf dem Sofa bequem gemacht, seine Füße auf den Tisch gelegt und trank gerade ein Bier. Jetzt bereute Esteban seine Entscheidung, ihm überhaupt etwas zum Trinken angeboten zu haben. Er wollte mit ihr allein sein. Mit der Mutter würde er schon fertigwerden. *Aber was um alles in der Welt mache ich mit Luis?*

Die Wohnhöhle befand sich im Nordosten von Gran Canaria auf einer Anhöhe, von der man das Meer sehen konnte. Zumindest einen Teil davon. Wobei dies nicht der ausschlaggebende Punkt gewesen war, warum Esteban bei dieser Immobilie zugeschlagen hatte. Hier ging es eher um die Abgeschiedenheit und das Gefühl des Alleinseins. Rings um das Grundstück war nichts als unbebautes, karges Land. Die Kakteen ragten meterhoch in die Höhe und zäunten seine Isolation ein. Der nächste Nachbar war

gute zweihundert Meter entfernt. Keiner würde die Lustschreie seiner Geliebten hören.

»Ich bring dich zurück«, sagte Esteban mit entschlossener Stimme und war gerade im Begriff, sich von dem zerschlissenen Sofa zu erheben, als Luis abwinkte.

»*No,*[16] sicher nicht. Ich kann dich hier nicht allein lassen. Du brauchst mich doch. Nicht dass etwas passiert und vielleicht eine zu fliehen versucht. Diese da«, Luis zeigte auf die Blechtür, »scheint mir ein Sturkopf zu sein, so wie die uns angegangen ist. Sie wird sicher noch Probleme machen.«

»Hier in der Höhle wird es zu eng für uns alle. Du siehst es doch selbst. Auf dem Sofa hier kann nur einer von uns schlafen, und die beiden anderen Räume … sind belegt.«

»Ach, ich kann auch im Freien schlafen oder hier auf dem Boden. Es ist nicht mehr so kalt in der Nacht. Und wenn du mir eine Decke gibst, dann ist doch alles gut.« Luis lächelte ihn an.

Im ersten Moment ärgerte sich Esteban, doch dann kam ihm die Idee. »Klar, du kannst hinten in der Scheune schlafen. Da werde ich dir ein Nachtlager herrichten. Und du bist nahe genug, dass du im Notfall alles mitbekommst.« *Hoffentlich glaubt er mir diese Story,* dachte er sich und war gedanklich schon bei seiner bevorstehenden Liebesnacht.

---

[16]   Nein

20

Tag 2, nachmittags – Sven

Wie durch Wattebäuschchen, die fest in seinen Ohren
steckten, kamen Carlos' Worte, die an Urs Gautier
gerichtet waren, in seinem Gehörgang an. »Wo ist Ihre
Frau?«

Doch Urs zuckte nur mit seinen Schultern.

»Und wo ist meine Jenny?«, entfuhr es Sven plötzlich,
und Urs wich merklich zurück.

»Sven«, zischte Carlos und packte ihn am Oberarm.
Vermutlich dachte er, dass Sven auf den Mann losgehen
würde. Aber dazu fühlte er sich eindeutig zu schwach.
Momentan wäre er nicht einmal in der Lage, eine Fliege in
seiner Hand zu zerquetschen.

»Ich weiß weder, wo meine Frau und meine Tochter
sind, noch wo Ihre Freundin ist. Aber viel wichtiger ist
doch, dass meine Lady verschwunden ist. Wer weiß, was
ihr passiert ist?«

»Lady ist Ihre Tochter?«, hakte Carlos nach.

»Nein, mein Hund. Mein Liebling ist entführt worden.
Wegen meiner Frau brauchen Sie sich keine Sorgen zu
machen. Sie war einfach nur zu dumm, auf meine Tochter

aufzupassen, und hat jetzt Angst, nach Hause zu kommen.«

»Über diese Aussage von Ihnen möchte ich dann später nochmals sprechen«, sagte Carlos, und sein Blick verfinsterte sich. »Derzeit ist es wichtig, alle drei zu finden. Sie wurden zuletzt gemeinsam gesehen. Also, wo wollte Ihre Frau heute hin? Wissen Sie das?«

»Ich denke, so wie jeden Tag. Wenn meine Tochter von der Vorschule nach Hause kommt, dann essen die beiden und gehen danach auf den Spielplatz. Der ist ja direkt gegenüber. Wenn ich von der Arbeit komme, so gegen siebzehn Uhr dreißig, steht das Essen auf dem Tisch, und meine Tochter ist in ihrem Zimmer. Eigentlich ist es jeden Tag dasselbe.«

»Denken Sie, dass es einen Zusammenhang zwischen dem Verschwinden Ihres Hundes und dem Ihrer Familie gibt? Wer könnte Interesse haben, Ihnen zu schaden?«

»Horst Auf, mein Nachbar«, sagte Urs Gautier sofort und schaute zu Sven. »Aber das habe ich Ihnen ja bereits erzählt.«

Carlos blickte zwischen Sven und Urs hin und her. »Dem Hinweis müssen wir natürlich nachgehen.«

»Das bringt doch alles nichts. Sie müssen ihn auf frischer Tat ertappen.« Urs stemmte seine Hände provokativ in die Hüften.

Carlos zögerte einen Moment, bevor er nickte. »Ja,

natürlich. Wir werden unser Möglichstes tun, Ihre Frau, Ihre Tochter und natürlich auch Ihren Hund zu finden. Und sollte Ihnen noch etwas einfallen, zögern Sie nicht, mich anzurufen, ja?« Carlos überreichte ihm seine Visitenkarte.

21

Tag 2, abends – Jenny

Ist es mitten in der Nacht oder doch noch am Tage? Jenny hämmerte mit ihren Fäusten seit gefühlten Stunden gegen die Metalltür, doch nichts rührte sich. Keiner kam. Erschöpft glitt sie mit dem Rücken an der Tür hinunter, bis sie mit ihrem Hinterteil auf dem kalten Boden saß. Da kamen ihr die Worte ihrer Oma in den Sinn: *»Kind, sitz niemals auf dem kalten Boden. Du verkühlst dir deine Blase, und das kann schlimme Folgen für deine Fruchtbarkeit haben.«* Vor ihrem geistigen Auge kam das Bild ihrer Oma auf, die sie mit ihren gütigen Augen ernst anblickte.

Jenny begann zu lachen. So herzhaft, dass es ihr die Tränen aus den Augenwinkeln drückte.

Klar, ich werde entführt, in ein Loch gesteckt, aus dem es kein Entkommen gibt. Und was kommt mir in den Sinn? Dass ich mir meine Blase verkühlen könnte. Größere Probleme habe ich im Moment anscheinend nicht.

Sie lachte wieder laut auf, aber plötzlich steckte der Lacher in ihrer Kehle fest, und blitzartig bildete sich ein Kloß in ihrem Hals, der ihr fast den Atem raubte. Die Tränen, die vor Sekunden noch aufgrund ihrer Erheiterung

geflossen waren, schossen ihr jetzt aus nackter Angst die Wangen hinab. Die Verzweiflung, hier nie wieder lebend herauszukommen, hatte sie eiskalt gepackt. Noch nie in ihrem Leben hatte sie dermaßen Angst gehabt. Oder doch? Da fiel ihr eine Situation ein. Damals war sie ein Kind gewesen, ein kleines Mädchen, und der Mann …

»Jenny, hör jetzt auf, dich selbst zu bemitleiden. Das bringt dich auch nicht weiter«, murmelte sie und stand wieder auf. Sie wischte sich die Tränen aus den Augen und dachte an Sven, der sie – so hoffte sie zumindest – retten würde. Und das Ganze sehr bald. »Denk nach, denk nach, denk nach«, stammelte sie und klopfte sich mit ihrer Faust leicht gegen die Stirn. »Es muss einen Ausweg geben.« Mit spitzen Fingern tastete sie erneut die Tür ab, und wieder erfühlte sie den Griff sowie das Schloss darunter. Den Türgriff hatte sie unzählige Male nach unten gedrückt, nur um dann resigniert festzustellen, dass sich die Tür nicht öffnen ließ.

Es musste eine Möglichkeit geben. *Es muss. Es muss. Es muss.* Da kam ihr das Gespräch mit Sven in den Sinn, das die beiden Tage zuvor geführt hatten. Er hatte sich über diese Fernsehserie lustig gemacht, die in den Achtzigern und Neunzigern ausgestrahlt worden war. *MacGyver,* der aus einem Kaugummipapier, dem dazugehörigen Kaugummi und einem Stück Faden eine Bombe bastelte und jede Tür zum Explodieren brachte. Unwillkürlich

musste sie schmunzeln bei dieser Vorstellung. Sie würde alles dafür geben, einen Kaugummi und ein Stück Faden bei sich zu haben. Sie strich eine lockere Strähne ihres Haares wieder hinter das Ohr und ertastete ihre Haarspange. Schnell zog sie sie heraus. *Klar, damit kann ich doch das Schloss knacken.*

Aber was in einer Fernsehserie so einfach aussah und in Sekundenbruchteilen erledigt war, zog sich in der Realität natürlich in die Länge. Besonders für Ungeübte. Jenny brauchte eine halbe Ewigkeit, bis sie die Haarspange richtig positioniert hatte, nur um dann zu erkennen, dass es doch nicht so einfach war, diese um die eigene Achse zu drehen. Davon abgesehen war sie sich nicht einmal sicher, ob sie das überhaupt tun musste oder wie genau das wirklich funktionierte. Und die Dunkelheit um sie herum verschlimmerte ihre Situation nur noch. So intensiv hatte sie ihren Tastsinn noch nie benötigt.

Nach einer Weile waren ihre Fingerspitzen taub, und sie musste kurz von ihrem Ausbruchsversuch ablassen. Sie ballte ihre Hände zu Fäusten, zählte bis zehn und streckte ihre Finger wieder aus. Diese Übung hatte ihr ein guter Freund beigebracht, und tatsächlich ließ die Anspannung nach wenigen Wiederholungen nach.

Ich probiere das so lange, bis ich hier rauskomme. Fest entschlossen umfasste sie die Spange, die sie ihrer Freiheit wieder näher bringen sollte.

22

Tag 2, nachts – Esteban

Es war ein Kinderlachen, das Esteban aus dem Schlaf riss. Er hatte von ihr geträumt, wie sie sich an seinen nackten Körper schmiegte und ihn mit ihren blauen Augen anschaute. So verliebt, so willenlos.

Mittlerweile war es mitten in der Nacht. Er schaute auf sein Handy. 23:37 Uhr. Er lauschte in die Finsternis hinein und vernahm ein leises Kratzen, das klang wie kleine Füßchen, die trippelten. Kakerlaken oder Mäuse vielleicht, die über die Verglasung, die tagsüber Sonnenlicht in das Wohnzimmer ließ, rannten.

Ein Glucksen trat aus seinem Mund. Die Vorfreude auf die schönen Stunden mit seiner Geliebten bescherte ihm eine Gänsehaut, und sein Freund richtete sich augenblicklich auf. Wie Tausende von Ameisen, die über seinen Körper liefen, stellte sich ein Kribbeln auf seiner Haut ein. Sein Herzschlag beschleunigte sich, als er seine Füße auf den kalten Boden setzte. Er rieb sich die Hände und ging auf Zehenspitzen dem Zimmer seiner Geliebten entgegen.

Vorsichtig steckte er den Schlüssel ins Schloss und drehte ihn langsam herum. Ein leises Klicken war zu

hören. Erleichtert darüber, dass es offenbar keiner außer ihm vernommen hatte, atmete er aus. Das hätte ihm gerade noch gefehlt, dass er alle aufgeweckt hätte. Er war sich nicht sicher, wie lange die Wirkung der Schlafmittel andauerte, die er der Mutter ins Wasser gemixt hatte. Natürlich hatte Luis das nicht gesehen. Ganz im Gegenteil. Esteban bekam sogar noch lobende Worte für die nette Geste, als er den beiden die Wasserflaschen in die Hand gab.

Ich will nur mit dir allein sein und mich endlich mit deinem nackten Körper vereinigen.

Die Notleuchte über der Tür gab gerade genug Licht ab, sodass er seinen Engel erkennen konnte. Ja, wahrlich wie ein Engel lag sie da und schlief tief und fest. Die Unschuld, die sie umgab, ließ seinen Freund vor Freude pochen, und ein heißer Schauer durchfuhr seinen Körper. Jetzt war es so weit. *Sie gehört mir.*

Ganz nah kam er an sie heran und roch den Erdbeerduft ihrer Haare. *Das hat sie sicherlich mit Absicht gemacht, da sie genau weiß, was mich antörnt.* Er presste seine Hand auf ihren Mund, und einen Augenaufschlag später sah sie ihn mit ihren großen Augen verführerisch an. Er legte seinen Zeigefinger auf seinen Mund und zischte: »Schhhhhttt!« Die Kleine nickte nur. Onna schlief tief und fest. Sie atmete kaum hörbar. Er wartete einen Moment und hob das Mädchen aus dem Bett, trug es zum

Sofa und sperrte gleich darauf die Tür wieder zu.

»Nun sind wir allein, mein Liebling«, flüsterte er ihr ins Ohr.

23

»Es tut mir leid«, sagte Sven und schaute zu Sarah, die an der Sofakante saß. Sie hatte einen Pyjama an, und ihre Haare standen kreuz und quer von ihrem Kopf ab.

»Ja, ist schon gut. Ich verstehe das.« Sarah reichte ihm das Glas Wasser vom Wohnzimmertisch. Sven wischte sich die Schweißperlen von der Stirn und nahm das Glas dankend entgegen.

»Ich hoffe doch, dass ich Raúl nicht aufgeweckt habe.«

»Nein, nein. Der schläft wie ein Stein. Man könnte ihn sogar aus dem Bett heben und davontragen. Er würde das nicht mitbekommen.« Sarah lächelte.

»Glaubst du, dass es Jenny gut geht?« Sven spürte den Kloß in seinem Hals, der größer wurde, nachdem er die Frage gestellt hatte.

»Wir finden deine Jenny schon. Und versuche nun, etwas zu schlafen. Wir können im Moment nichts anderes tun. Die Kollegen fahnden bereits nach ihr und nach den beiden anderen.«

»Ich hoffe, ich schreie nicht wieder auf. Ich dachte, diese Zeit wäre vorbei. Aber diesmal war es wieder so real, als ...« Er unterbrach sich kurz und räusperte sich.

»Gute Nacht, Sarah. Danke, dass ich bei euch übernachten kann.«

»Aber gerne doch. Wir verstehen das. Und sorry, dass du kein eigenes Bett bekommst, aber du weißt ja, das Gästezimmer wird gerade umgebaut.« Sie streichelte über die kleine Wölbung, die sich unter ihrem Pyjamaoberteil abhob.

In diesem Moment klingelte Svens Telefon. ›Jenny‹ stand auf dem Display. Vor lauter Aufregung fingen seine Hände an zu zittern. Er starrte fassungslos darauf. Sarah rutschte näher an ihn heran. Als er auch nach dem dritten Läuten nicht reagierte, riss sie ihm das Handy aus den Händen und hob ab.

»Jenny! Gott sei Dank. Wir haben uns solche ...« Ihr Gesichtsausdruck fror augenblicklich ein. »Aha. Okay. Ja, danke. Ich schicke jemanden vorbei. Danke, dass Sie angerufen haben.«

»Was?«, sagte Sven noch, bevor die Verzweiflung ihm seine Stimme raubte.

»Jemand hat das Handy von Jenny gefunden. Auf dem Parkplatz. Ich werde gleich veranlassen, dass es abgeholt wird, okay? Der Anrufer teilte mir mit, dass es unter seinem Auto gelegen hat und er es nur entdeckt hat, weil es piepte.«

Sie legte eine Hand auf seine Schulter. Sven sagte kein Wort. Dazu fühlte er sich nicht imstande. Er legte sich auf

die Seite und starrte die Sofalehne an. Einige Minuten blieb Sarah noch bei ihm, bis sie schlussendlich eine Decke über ihn warf und das Licht ausschaltete. Sven hörte ihre Schritte, die in den ersten Stock des Hauses verschwanden. Seine Gedanken kreisten nur um seine Jenny.

24

Tag 2, nachts – Luis

Was war das für ein Schrei?, dachte Luis und fuhr aus seinem Nachtlager hoch. Es war gerade erst eine Stunde her, dass er es sich auf dem Klappbett bequem gemacht hatte. Bequem war vielleicht das falsche Wort dafür. Hingelegt und ausgestreckt, sodass die Füße über das Bett knappe zwanzig Zentimeter hervorlugten.

Luis horchte in die Nacht hinein. Doch es war wieder Stille eingekehrt. *Habe ich mir das nur eingebildet? Das war mit Sicherheit ein Schrei! Oder vielleicht doch nur eine Katze?*

Da! Diesmal hörte er keinen Schrei, aber ein lautes Klopfen, das eindeutig aus Richtung der Höhle kam. Schnell stand er auf und zog seine Jeanshose an. Noch während er seinen Gürtel schloss, stürmte er ins Freie. Zwei Schritte noch, dann war er am Eingang angekommen. Gerade als er die Holztür öffnete, rannte ihm die junge Frau in die Arme. An ihrer Hand befand sich das kleine Mädchen.

»¿*Qué pasa*[17]?«, rief Luis und fing sie mit seinen

---

[17] Was ist los?

Armen ab, drängte das Mädchen von ihr, überwältigte die Frau, indem er ihre Arme festhielt, und schmiss sie kurzerhand auf den Boden. Das Mädchen blieb stocksteif stehen. Um die musste er sich wohl keine Sorgen machen.

»Lassen Sie mich los!« Die Frau schrie aus Leibeskräften und wehrte sich am Boden liegend mit Händen und Füßen. Luis war ihr kräftemäßig überlegen, drehte sie mit geübten Handgriffen auf den Bauch und setzte sich auf ihren Rücken. Sie schnaubte, versuchte, ihm zu entwischen und sich zu befreien, doch es gelang ihr nicht. Schließlich blieb sie ruhig liegen.

»Was ist hier los?«, fragte Luis und sah zwischen dem Mädchen und der jungen Frau hin und her.

Das Mädchen schaute auf den Boden und machte keinen Mucks.

»Der Typ wollte das Mädchen vergewaltigen. Dieses Dreckschwein!«, schrie die Frau und wand sich unter Luis wieder hin und her.

»Und wie bist du rausgekommen?«

»Das ist jetzt nicht wichtig. Wenn Sie uns schon hier festhalten, dann soll er seine schmutzigen Finger von dem Mädchen lassen.«

Luis musste einen Moment lang über diese Aussage nachdenken. Ein Schmunzeln huschte über seine Lippen. »Und was hast du mir im Gegenzug zu bieten? Du weißt doch, dass alles seinen Preis hat.«

»Sie mieses Schwein! Ihr Kumpel soll lieber seine abartige Fantasie zügeln. Die Kleine ist noch keine sechs Jahre alt. Sie bekommt einen Schaden fürs Leben.«

Was ist hier bloß vorgefallen? Kann es wirklich sein, dass Esteban sich an dem Mädchen vergehen wollte? Ja, ohne Frage, sie ist ein süßes Ding mit ihren Kulleraugen. Und mit ihren langen blonden Haaren sieht sie aus wie ein Engel. Aber sie ist ein Kind. Sie ist unschuldig. Das kann sich hier nur um ein Missverständnis handeln. Da bin ich mir sicher.

Luis hörte aus dem Inneren der Höhle ächzende Geräusche. Er wandte sich ihr wieder zu: »Bist du brav? Wenn ich dich jetzt loslasse, dann will ich nicht, dass du dich wehrst. Verstanden? Wir werden das jetzt klären. Da hast du sicher etwas falsch verstanden.«

Die Frau nickte, und er nahm sein Gewicht von ihr. Er packte sie am Unterarm, als sie stand, und drehte ihr den Arm auf den Rücken. Gemeinsam betraten sie die Höhlenwohnung, er betätigte den Lichtschalter, und die Beleuchtung erhellte den Raum. Dann drängte er sie ins Wohnzimmer, wo Esteban auf dem Sofa saß und sich seinen Kopf rieb.

»Komm her!«, befahl Luis dem Mädchen. Die Kleine stellte sich sofort an seine Seite, allerdings mit dem Rücken zur Wand. Sie verschränkte ihre Arme hinter dem Körper. Mit großen Augen schaute sie auf Esteban.

Was ist hier bloß vorgefallen? Zittert die Kleine?

»Was hast du getan?«, sagte Luis zu Esteban. Dieser schaute ihn kurz mit verächtlichem Blick an, senkte dann aber wieder seinen Kopf.

»Du wolltest das Mädchen vergewaltigen, du Arschloch!«, zischte die Frau ihm entgegen.

»*No, no hice nada*[18]«, stammelte Esteban vor sich hin. »Sie hat geweint. Deswegen habe ich sie zu mir geholt.«

»Das ist gar nicht wahr«, entgegnete die Frau sofort. »Sie hat nicht geweint.«

Luis schaute zwischen ihr und Esteban hin und her.

»Du wirst doch wohl nicht dieser Dahergelaufenen glauben? Sie will dich nur verunsichern, Luis. Glaub mir doch. Ich wollte der Kleinen nichts tun.«

Luis schaute zu dem Mädchen, das Esteban fest im Blick hatte. Ihr Gesicht hatte die gleiche Farbe wie die weiße Wand. Über ihre Wangen liefen Tränen. Er wandte sich von ihr ab und fixierte Esteban. Dieser hatte seinen Kopf wieder nach unten geneigt.

»Geh zu deiner Mama«, sagte Luis und bedeutete dem Mädchen, dass sie gehen solle. Sofort setzte sie sich in Bewegung, rannte zur Tür, drückte die Klinke nach unten, doch die Tür ging nicht auf.

»Siehst du? Sag ich doch. Er hat die Tür wieder

---

[18] Nein, ich habe nichts getan.

verschlossen«, sagte die Frau und wandte sich sogleich Esteban zu. »Du bist wirklich das Allerletzte. Wieso wolltest du der Kleinen das antun?« Sie spuckte ihm die Worte förmlich entgegen.

»Ich habe abgeschlossen, damit die Mutter nicht flieht. Und jetzt verschwindet! Alle zusammen!« Esteban lehnte sich zurück und schloss die Augen.

Luis fühlte sich überfordert mit der ganzen Situation. Er überlegte einen Moment, holte sich die Schlüssel, die auf dem Tisch vor Esteban lagen, und schloss die Tür auf. Dann scheuchte er das Mädchen in das Zimmer. Verwundert blickte er ins Innere und stellte fest, dass die Mutter der Kleinen noch im Bett lag und schlief. Das Mädchen legte sich sofort zu ihr. Und die Mutter zuckte nicht einmal. *Was ist hier bloß los?*

Luis hatte die junge Frau wieder fest im Griff. *Und nun?,* fragte er sich und schaute auf die geöffnete Tür des anderen Zimmers.

»Du gehst auch hier rein«, sagte er schlussendlich und stieß sie in das Zimmer von Mutter und Tochter. Er verschloss die Tür hinter sich und setzte sich zu Esteban aufs Sofa. »Wolltest du wirklich …?«, fragte Luis und wurde schroff unterbrochen.

»*No,* die Kleine hat geweint, und ich wollte sie nur trösten. Nicht mehr und nicht weniger.«

»Ich frage mich, wie es möglich sein kann, dass die

Mutter von dem Mädchen von allem hier draußen nichts mitbekommen hat und noch immer tief und fest schläft«, sagte Luis und schaute Esteban eindringlich an.

Doch dieser zuckte als Antwort nur mit seinen Schultern.

»Ich werde hier auf dem Boden schlafen. Nicht dass die wieder versuchen abzuhauen.«

Einige unangenehme Fragen beschäftigten ihn gedanklich, und mit den Fragen beschlich ihn eine dumpfe Vorahnung. *Ist es wirklich so gewesen, wie Esteban es behauptet hat, oder sagt die unbekannte Frau die Wahrheit?*

25

Tag 3, morgens – Sven

»Aufstehen, du Schlafmütze!« Sven hörte Carlos' Stimme und roch, noch bevor er die Augen aufschlug, den Duft des Kaffees. *Bin ich wirklich so tief und fest eingeschlafen, dass ich nicht mitbekommen hab, dass die Kaffeemaschine läuft?*

Carlos stellte die Tasse auf den kleinen Beistelltisch neben dem Sofa und schlurfte zurück in die Küche. Wieder brummte die Kaffeemaschine.

In Svens Kopf hämmerte es, als er sich aufrichtete. Er griff zu seiner Tasse und nahm einen Schluck von dem schwarzen Kaffee. *Jenny,* dachte er wehmütig.

Carlos saß mittlerweile am Küchentisch, keine zwei Meter von ihm entfernt, und blätterte eher lustlos in der Zeitung.

Sven gesellte sich zu ihm, und nach einem Gähnen fragte er: »Gibt es etwas Neues?«

Carlos schaute auf, schüttelte allerdings seinen Kopf. Ein Seufzen folgte.

»Aber wir müssen doch etwas tun. Wir müssen Jenny suchen.«

»*Wir* machen schon mal gar nichts. Ich und mein Team

machen das. Du nicht. Haben wir uns verstanden?«

In Svens Hirn ratterten die Räder, und er überlegte angestrengt, wie er Carlos bloß überreden könnte, ihn doch mithelfen zu lassen. Aber auch nach minutenlangem Schweigen und intensivem Nachdenken fiel ihm nichts ein, womit er ihn hätte überzeugen können.

Eine warme Hand legte sich auf seine Schulter, und Sarahs Stimme ertönte hinter ihm: »Sven, wir werden sie finden. Okay?«

»Ja«, sagte er, und sein Kopf sank nach unten. Er fühlte sich so klein, so hilflos, so allein. Jenny war seine bessere Hälfte. Sie hatte ihm gezeigt, was Liebe bedeutete, nach seinem Verlust vor einem Jahr. »Ich muss jetzt los.« Sven stand auf und schaute Sarah an, die einen entgeisterten Ausdruck in ihrem Gesicht hatte.

»Wie? Wohin los? Jetzt frühstücke doch erst mal. Carlos war heute in der Bäckerei an der Ecke und hat auch für dich ein Brötchen mitgebracht.«

»Ich … ich habe keinen Hunger«, murmelte Sven noch, bevor er aufstand und seine Sachen holte, die sorgfältig zusammengelegt auf dem Wohnzimmersessel lagen.

»Sven«, sagte Raúl und rannte ihm entgegen. »Wo ist Jenny?« Er blickte sich suchend um. Bei diesen Worten zersprang Svens Herz in seiner Brust, und er musste sich zusammenreißen, nicht laut loszubrüllen.

Noch bevor Sven auf Raúls Frage reagieren konnte,

griff Sarah ein. »*Mi Cariño*. Komm zu mir. Jenny ist heute nicht da. Sie hat einen wichtigen Termin. Und jetzt setz dich an deinen Platz und iss.« Sarahs Worte hatten Eindruck hinterlassen, und Raúl nahm auf dem Stuhl Platz.

Sven atmete noch einmal tief durch. »Danke für alles. Ich melde mich, okay?«

»*Vale*«, sagte Carlos und biss in sein Brötchen. Allerdings sprachen seine Blicke Bände, und es würde vermutlich nicht lange dauern, bis er Sven anrief und ihn zu sich zitierte. Unter falschem Vorwand.

Leise schloss Sven die Tür hinter sich und stieg in sein Auto ein. Gedankenverloren schaute er durch die Windschutzscheibe. Der Motor lief, doch er hörte ihn nicht. Zu sehr beschäftigte ihn die Frage: *Wo ist meine Jenny?*

Erst als das Handy in seiner Hosentasche klingelte, kam er zurück in die Realität. ›*Urs Gautier*‹ stand auf dem Display. Sofort stieg in ihm eine unbändige Wut auf. Er biss die Zähne aufeinander, sodass sie knirschten. Dieser Scheißkerl war schuld, dass Jenny nicht mehr da war. Am liebsten hätte er ihn eigenhändig erwürgt.

»Was?«, fauchte Sven ins Telefon, als er das Gespräch entgegennahm.

»Guten Morgen«, sagte Urs, und schon allein bei diesen beiden Worten hätte Sven ihn gerne angeschrien und gefragt, was an diesem Morgen so gut sein sollte?

Doch Urs sprach weiter: »Ich habe einen Umschlag in meinem Briefkasten gefunden.«

»Und was ist drin?«

»Das weiß ich nicht. Ich hab ihn nicht geöffnet.«

»Ich komme vorbei.« Er beendete das Gespräch und warf sein Handy auf den Beifahrersitz. Er legte den Rückwärtsgang ein und setzte gerade zum Fahren an, da klopfte es an seiner Fensterscheibe. Er erschrak, als er Sarah sah, die ihm mit der Hand bedeutete, er solle die Scheibe herunterlassen.

»Sven, mach nichts Unüberlegtes.«

»Alles gut. Mach dir keine Sorgen um mich. Ich fahre jetzt zu Urs Gautier.«

»Was willst du dort?«

»Er hat mich gerade angerufen. Er hat wohl irgendeine Information. Wenn ich Näheres weiß, dann melde ich mich, okay?«

»Sven, du weißt schon, dass es strafbar ist, wenn du dich in Polizeiermittlungen einmischst?«

»Keiner spricht von Einmischen. Urs hat mich angerufen, und ich fahre zu ihm. Er ist mein Klient, und ich soll seinen Hund finden. Das fällt schließlich nicht in den Zuständigkeitsbereich der Polizei.« Sven schnaubte verächtlich.

»Solltest du Informationen bekommen, welcher Art auch immer, musst du dich sofort bei Carlos oder bei mir

melden.« Sarah schaute ihn mit eindringlicher Miene an.

Sven nickte nur, und Sarah ging einen Schritt zur Seite, sodass er ungehindert die Einfahrt hinausfahren konnte.

Keine fünf Minuten später traf er bei Urs Gautier ein. Diesmal standen die Gartentür und ebenso die Haustür sperrangelweit offen. Er trat in das Haus ein und rief: »Urs?«

Eine Antwort erschallte aus dem hinteren Bereich. »Ja.«

Als Sven das Wohnzimmer betrat, sah er Urs auf dem Sofa sitzen. Er hatte den Kopf gesenkt. Sein heutiges Erscheinungsbild sah im Großen und Ganzen verlumpt aus. Urs hielt ein Blatt Papier in seinen Händen. Der Umschlag, in dem dieses augenscheinlich gesteckt hatte, lag auf dem Boden zu seinen Füßen.

»Ist das der Brief? Was steht drin?«

Urs antwortete nicht. Sven langte nach einem Taschentuch, das auf dem Tisch lag, fasste damit den Brief an und riss ihn aus Urs' Hand.

Werfen Sie heute um Punkt 13:00 Uhr 12.740 Euro in den Mülleimer am Parque multifuncional gegenüber der Schaukel ein. Ansonsten werden Ihre Frau und Ihre Tochter sterben.

»Haben Sie tatsächlich den Brief mit Ihren Fingern

angefasst?«, sagte Sven und zückte bereits sein Telefon, um Carlos anzurufen, da sprang Urs auf.

»Was tun Sie? Wen wollen Sie anrufen?«

»Die Polizei? Wen sonst?«, sagte Sven und wich einen Schritt vor ihm zurück. »Das ist eindeutig ein Erpresserbrief. Somit brauchen wir hier professionelle Unterstützung.«

»Nein, keine Polizei. Der Entführer hat meine Lady gar nicht erwähnt. Lebt sie vielleicht gar nicht mehr? Das wäre so schrecklich.«

»Sie spinnen ja komplett«, sagte Sven und tippte im Telefonspeicher Carlos' Namen ein. Er drückte die grüne Taste. In diesem Moment entriss Urs ihm das Papier. Gerade noch ein kleiner Fetzen davon blieb in Svens Hand zurück. Urs sprintete aus dem Haus und lief am Zaun nach links. Sven stand wie angewurzelt da. So schnell konnte er gar nicht realisieren, was gerade geschehen war. Dann hörte er Carlos' Stimme, die seinen Namen rief.

»Sven? Hallo? Sven?«

Er hielt das Handy an sein Ohr. »Das glaubst du mir nie, was hier gerade geschehen ist.« Noch immer rang er um Worte, um das soeben Passierte zu verdauen.

»Du bist bei Urs Gautier? Ja? Sarah hat es mir gerade eben erzählt. Ich komme zu dir. Warte auf mich.«

Sven trat aus dem Haus hinaus und schaute sich nach allen Seiten um. Von Urs Gautier war keine Spur zu sehen.

Warum ist der weggerannt? Was hat es mit dem ungewöhnlichen Geldbetrag auf dem Erpresserschreiben auf sich? Was ist hier bloß los?

26

Tag 3, morgens – Luis

Luis öffnete seine Augen. Trotz der Decke, auf der er die restliche Nacht gelegen hatte, fror er. Was auch kein Wunder war bei der eisigen Kälte, die der Boden abstrahlte.

Esteban lag leise grunzend auf dem Sofa. Er schlief anscheinend noch.

Luis erhob sich und schlich aus dem Zimmer. Als er draußen vor der Eingangstür der Höhle stand, zündete er sich eine Zigarette an. *Ich muss heute noch in meine Wohnung. Ich muss mich um den Hund kümmern. Aber ich kann hier nicht weg. Zumindest kann ich Esteban nicht allein lassen.* Wenn wirklich etwas dran war an den Vorwürfen, die diese Frau erhoben hatte, dann wollte er auf keinen Fall daran schuld sein, dass das kleine Mädchen einen Schaden fürs Leben davontrug oder im schlimmsten Fall ihr Leben nicht mehr leben konnte. Vor seinem geistigen Auge lief es wie in einem Film ab, was gestern mitten in der Nacht passiert sein könnte. Das Mädchen hatte Angst vor Esteban, doch sie sah so aus – zumindest hatte Luis den Eindruck –, als ob sie keinerlei körperliche Schäden gehabt hatte. *Wobei ... kann man das*

auf den ersten Blick erkennen? Wie verhält sich ein Mädchen, das von einem Mann unsittlich berührt wurde? Verängstigt ... schweigs...

Sein Herzschlag verdoppelte sich, und er zuckte zusammen, als Esteban ihn ansprach. Luis hatte dem Eingang den Rücken zugewandt und ihn dadurch nicht kommen sehen.

»*Buenos días, mi amigo*[19]«, sagte Esteban.

»Guten Morgen«, murmelte Luis.

»Du bist noch immer ein Morgenmuffel. So wie damals in der Schule. Da warst du die ersten beiden Stunden auch nicht ansprechbar.« Esteban lachte laut auf.

Luis war nicht zum Lachen zumute. Wie sollte er es bloß schaffen, an zwei Orten gleichzeitig zu sein? Oder konnte er Esteban dazu überreden, mit ihm zu kommen? Doch was würde in der Zwischenzeit aus den Frauen und dem Kind werden? Keiner wäre da, und mit großer Wahrscheinlichkeit würden die drei einen Fluchtversuch unternehmen. Einerseits war es eine gute Idee gewesen, die Geiseln in die Höhle zu bringen. Weit weg ins Nirgendwo. Andererseits fuhr hier nicht mal ein Bus, in den er sich setzen konnte, um den Auftrag zu erledigen. Wobei eine Busverbindung sein Problem mit Esteban auch nicht gelöst hätte.

---

[19] Guten Morgen, mein Freund.

»Warum bist du so schweigsam?«, fragte Esteban nach einigen Minuten.

»Ich … ich habe schlecht geschlafen. Kein Wunder, wenn man auf dem eiskalten Boden liegt. Ich spüre jeden einzelnen Knochen.«

»Du wolltest ja nicht in der Hütte schlafen. Selbst schuld. Dabei hatte ich dir einen bequemen Schlafplatz hergerichtet.«

»*Sí*[20]. Kannst du mich dann jetzt zu meiner Wohnung bringen? Ich muss noch schnell etwas erledigen.« Luis hatte all seinen Mut aufbringen müssen, um diese Frage zu stellen.

Esteban winkte sofort entschieden ab. »Nein, das ist nicht möglich. Einer muss hierbleiben. Aber ich ruf einen Freund von mir an. Der fährt dich.«

Mierda[21], schallte es durch Luis' Hirn, und die Zahnräder darin arbeiteten auf Hochtouren. »Es ist mein Auftrag. Somit bin ich dein Auftraggeber. Also fährst du mich. Davon abgesehen, die Türen sind alle verschlossen. Bis sie die aufbekommen haben, sind wir längst wieder da. Willst du nun das Geld oder nicht? Du musst dich entscheiden.« Luis setzte eine herausfordernde Miene auf. Er hoffte, dass sein Freund wirklich knapp bei Kasse

---

[20] Ja

[21] Scheiße

war und die Drohung, hier ohne Geld rauszugehen, half.

Zu seiner Erleichterung nickte Esteban. »Gut, ich fahre dich. Aber dann machen wir uns gleich auf den Weg, solange die Damen noch ein Nickerchen halten.«

In all den Jahren habe ich Esteban blind vertraut. Warum kann ich das bloß jetzt nicht mehr?

27

Tag 3, morgens – Jenny

Jenny hörte die Schritte, die sich von dem Zimmer, in dem sie mit Onna und dem Mädchen gefangen gehalten wurde, entfernten. Schlösser klickten. Dann kehrte Stille ein. Sie lag auf der rechten Bettseite. In der Mitte lag das Mädchen, das sich dicht an ihre Mama krallte. Aber beide schliefen noch fest. Jenny blieb regungslos liegen.

Sie ließ die Geschehnisse der Nacht nochmals in ihren Gedanken Revue passieren. Der Pädophile, der sich über das Mädchen hergemacht hatte, war genau derjenige, den sie und Sven vor dem Tor zum Spielplatz gesehen hatten, als sie auf dem Weg zu Urs Gautier gewesen waren. Aber den anderen Mann, mit der Narbe zwischen Nase und Oberlippe, den hatte sie noch nie gesehen. Diese Narbe stammte wohl von einer Hasenscharte. Zumindest sah sie so aus.

Wie um alles in der Welt sollte sie hier rauskommen? Ihre Haarspange hatte sie gestern im Schloss stecken lassen. Was auch kein Wunder war bei dem Anblick, der sich ihr im Wohnzimmer geboten hatte. Das Mädchen lag auf dem Sofa, und der widerliche Kerl mit dem Vollbart schob ihren Rock hoch und war gerade im Begriff, sich mit

seinem massigen Körper zwischen ihre zarten Kinderbeine zu drängen.

Da hatte sie keine Zeit, über die Haarspange nachzudenken, sondern griff sich den nächsten Gegenstand in ihrer Nähe und zog ihm eines über den Kopf. Dass sie dem anderen Typen so kurz vor der Freiheit in die Arme lief, war unter Pech gehabt zu verbuchen. Doch all ihre Überlegungen brachten sie bei einem neuen Fluchtplan nicht weiter.

Und wenn ich versuche, die Tür einzutreten? Sie dachte an ihren schlanken Körper, der gerade mal fünfzig Kilo auf die Waage brachte, und hätte fast angefangen zu lachen, wenn sie nicht in diesem Augenblick die Verzweiflung übermannt hätte. Stattdessen rannen ihr die Tränen die Wangen hinunter. Sven hätte sich gegen die Tür gewuchtet, und es wären nur kleine Splitter übrig geblieben. Aber bei ihrem Fliegengewicht würde die Tür vermutlich nicht mal ächzen. Auch Onna war nicht viel kräftiger gebaut. *Jenny, lass dir was einfallen!,* hallte es durch ihr Hirn.

Vorsichtig, damit sie die anderen beiden nicht aufweckte, richtete sie sich auf und sah sich im fahlen Licht der Notbeleuchtung im Zimmer um. In der Ecke stand ein Besen mit einem Holzstiel. *Wenn ich den Stiel irgendwie unter die Tür bekomme, könnte ich diese vielleicht aus den Angeln hebeln.* Sie schlüpfte aus dem

Bett und schlich leise zur Tür.

Eine Daumenbreite Abstand war zwischen dem Boden und der Unterseite der Tür.

»Was machst du?«, fragte das Mädchen und setzte sich im Bett auf.

»Ich versuche, uns hier rauszubringen.« Sie sah, wie Onna sie nun auch entgeistert anstarrte. Jenny holte sich den Besen und versuchte, den Stiel unter der Tür hindurchzuschieben. Das funktionierte allerdings nicht so, wie sie es sich vorgestellt hatte. Der Stiel war einfach zu dick oder eben der Spalt zu schmal.

Ich könnte den Knauf abschlagen, aber was würde mir das bringen? Könnte ich die Tür dann öffnen? Oder hat das mit dem Schloss selbst nichts zu tun?

»Irgendwelche Ideen, wie wir hier rauskommen?« Jenny schaute zu den beiden. Diese schüttelten den Kopf. Doch als Jenny sich wieder umdrehte, sah sie die Türzarge, die sich ein wenig von der Wand wegbog. Sie packte den Stil und schob diesen in den Spalt. Er passte. Fast hätte sie vor Freude gejubelt. Das Holz, das seine besten Jahre bereits hinter sich hatte, knarrte unter der Spannung, die Jenny aufbaute. Nur einen Augenaufschlag später löste es sich aus der Verankerung. Doch die Freude trübte sich sofort, als sie sah, dass sich hinter der Zarge ein Holzbrett befand und dieses fest mit dem Rahmen und der Wand verschraubt war.

28

»Und was soll ich nun mit diesem kleinen Fetzen machen?«, fragte Carlos Sven und gab ihm das Stück Papier wieder zurück. »Da steht nicht mal was drauf.«

»Wenn ich es dir doch sage«, meinte Sven und schnaufte. »Urs Gautier lief aus dem Haus damit. Ich konnte ihn nicht aufhalten. Aber es stand eine ungewöhnliche Erpressersumme drauf. Irgendwas stimmt da nicht. Das macht doch kein normaler Mensch, dass er einfach davonläuft!«

Carlos nickte zustimmend. »Ich gebe mal die Fahndung raus. Wir kriegen ihn.«

»Toll.« Sven schaute Carlos fragend an, der ihm den Rücken zugedreht hatte, während er den Funkspruch durchsagte. *Und was bringt mir das? Das bringt mir meine Jenny auch nicht wieder. Was ist das bloß für ein Scheiß-Psychoding hier?*

Als Carlos sich ihm wieder widmete, legte er einen mitfühlenden Blick auf. »Ich weiß, wie du dich gerade fühlst.« Doch der freundschaftlich gemeinte Schlag auf Svens Schulter kam bei ihm nicht so freundschaftlich an.

»Einen Scheiß weißt du!« Sven rannte aus dem Haus

hinaus auf die Straße. *Einfach nur weg hier! Was interessieren mich die Probleme anderer? Oder dieser Urs? Ohne diesen Idioten wäre meine Jenny noch hier.* Atemlos kam er an seinem Auto an, doch gerade als er dieses aufschließen wollte, entdeckte er Urs, der wie ein geprügelter Hund aus dem Park in seine Richtung schlich. Sofort sprintete Sven auf ihn zu und packte ihn mit beiden Händen an den Schultern. Er schüttelte ihn und schrie: »Sind Sie komplett irre geworden? Was rennen Sie davon? Wieso? Was ist hier los?«

Noch bevor Urs zu Wort kommen konnte, zerrte ihn Carlos, der Sven gefolgt war, von ihm fort. Eindringlich redete er auf Sven ein. »Hör auf jetzt. Beruhige dich. Das bringt doch so nichts.«

»Das kann hier alles nicht wahr sein. Es wusste doch niemand von dem Verkauf«, stammelte Urs vor sich hin und raufte sich seine Haare.

»Worum geht es? Jetzt reden Sie doch endlich. Verkaufen Sie Drogen? Oder dealen Sie mit anderem Zeug? Es geht hier um Menschenleben!« Carlos hatte Sven losgelassen und trat einen Schritt auf Urs zu.

»Nein, wo denken Sie hin? Ich habe einen Autoverkauf. Ich handle mit Neu- und Gebrauchtwagen. Erst gestern habe ich einen Gebrauchten verkauft. Und dafür habe ich 12.740 Euro bekommen. Genau die Summe, die nun von mir gefordert wird.«

»Das ist allerdings sehr merkwürdig.« Carlos legte seinen Zeigefinger ans Kinn.

»Will der Käufer möglicherweise sein Geld zurückhaben? Vielleicht ist etwas kaputt an dem Auto, und der Käufer ist sauer?«

»Auf die Idee bin ich selbst schon gekommen«, sagte Urs und legte seine Stirn in Falten. »Deswegen wollte ich auch sofort zu ihm hin, da er hier in der Nähe wohnt. Doch ich habe ihn leider nicht zu Hause angetroffen.«

Sven musste tief durchatmen. *Wie kann der nur so blöd sein? Wegen so was ist er fortgelaufen, ohne ein Wort zu sagen?* Doch weiter kam er mit seinen Überlegungen nicht, da sein Handy läutete. Er schaute auf das Display, und noch bevor er abhob, murmelte er: »Die hat mir gerade noch gefehlt ... Hallo Frau Brown. Was kann ich für Sie tun?«

»Herr Wagner! Sie müssen sofort zu mir kommen. Es ist etwas Schreckliches passiert«, stammelte Helga Brown ins Telefon.

Sven warf Carlos einen verstohlenen Blick zu, doch dieser war mit Urs im Gespräch.

»Ich komme gleich zu Ihnen. Sind Sie in Ihrer Wohnung?«

»Ja«, brachte Helga noch heraus, bevor Sven nur noch ein Schluchzen hörte.

29

»Hier hast du alles, was du benötigst«, sagte Luis zu dem Mann im schwarzen Kapuzenpulli und überreichte ihm die Plastiktüte. Der Mann griff mit der linken Hand danach und nahm sie an sich. Luis wunderte sich im ersten Moment darüber, doch sogleich sah er den Grund dafür. Seine rechte Hand – zumindest die Finger – war verkrüppelt und ähnelte einem knorrigen Baumstamm. Luis wandte sofort seinen Blick ab. Er hoffte, dass seine Neugier dem Mann nicht aufgefallen war. Doch dieser warf einen kurzen Blick in die Tüte und nickte. »Nägel sind auch drin. Ganz unten. So wie besprochen.« Luis wandte sich zum Gehen. Schließlich musste er zurück in die Höhle, um nach den Frauen zu schauen.

»Wann soll denn die große Party steigen?« Der Mann hatte eine ungewöhnlich raue Stimme. Er klang wie ein Reibeisen. So metallisch.

»Heute um 12:15 Uhr. Also, du hast nicht mehr viel Zeit.« Ein Blick auf seine Armbanduhr trieb auch Luis zur Eile an. Mittlerweile war es halb zehn. Die Frauen würden mit Sicherheit schon nach einem Fluchtweg Ausschau halten. Zumindest die jüngere. Die Stimme des Mannes

riss ihn aus seinen Gedanken.

»Wie? Mitten am Tag?«

Luis nickte. »Ja, ist halt so. Keine Ahnung warum. Ich bin nur der Überbringer. Nicht der Boss.«

Der Mann murmelte etwas Unverständliches, drehte sich um und ging weg.

Luis sah ihm noch nach, als er das Hupen von einem Auto hörte. »Jaja, ist ja schon gut. Ich komm ja schon. Du bist so ungeduldig«, sprach Luis, während er sich beeilte, wieder zurück zum Wagen zu kommen. Als er einstieg, zündete er sich eine Zigarette an und lehnte sich entspannt zurück.

»Das ist nicht dein Ernst, dass du in meinem Auto qualmst, oder?« Esteban klang gereizt, doch Luis ließ sich davon nicht beirren. Er öffnete das Fenster und blies den Rauch ins Freie.

»Bleib locker. Die brauche ich zur Entspannung. Außer du möchtest, dass ich zur Diva werde.« Luis lachte, und auch Esteban stimmte mit ein.

»Ich werde das nie verstehen, was daran entspannend sein soll, Gift einzuatmen.«

»Musst du auch nicht verstehen«, sagte Luis, nahm noch einen kräftigen Zug und schmiss die Zigarette aus dem Fenster.

»Und das ist Umweltverschmutzung.«

»Heute bist du wohl auf der gesunden Linie unterwegs,

was? Aber mal was anderes: Wir sollten uns beeilen. Unsere Gäste werden sicher schon unruhig.«

Esteban fuhr auf die Autobahn auf und beschleunigte. »Stimmt.«

Und da war es wieder. Dieses Funkeln in seinen Augen, das Luis beunruhigte. Nur ganz kurz hatte er es gesehen, oder war es nur eine Spiegelung durch das Sonnenlicht gewesen?

»Hör mal. Wegen heute Nacht«, begann Luis, doch Esteban unterbrach ihn forsch.

»Was soll da gewesen sein? Es war nichts. Das hab ich dir schon erklärt.« Stur schaute er auf die Fahrbahn.

»Ähm … ja. Natürlich. Das hab ich anscheinend vergessen. Wir haben doch schon darüber gesprochen.«

Ich muss mit der jungen Frau reden. Hoffentlich bringt sie Klarheit in das Ganze.

Er dachte an den einen Fall, der groß in der Zeitung gestanden hatte. Sicher schon etliche Jahre her. Ein Mädchen, kaum sechs Monate alt, misshandelt und umgebracht im eigenen Bettchen. Der Vater auf Sauftour, die Mutter mit dem zwei Jahre alten Sohn war aus der Wohnung verschwunden. Der Täter wurde nie gefasst, und auch die Mutter und der Junge blieben spurlos verschwunden. Hatte Esteban etwas damit zu tun gehabt?

30

Tag 3, vormittags – Jenny

Fast hätte sich Jenny selbst auf die Stirn geschlagen, als sie es sah. *Wie dumm von mir! Natürlich! Wieso bin ich nicht schon früher auf die Idee gekommen?*

Flugs förderte sie ein Eincentstück aus ihrer Hosentasche zutage und richtete ein Stoßgebet gen Himmel, dass dieses in die Schlitzöffnung der Schrauben passte, mit denen die Türscharniere befestigt waren. Sie hielt ihren Atem an, als sie den Cent hineinsteckte. Und er passte!

Drei Scharniere mit jeweils vier Schrauben. Zwölf Schrauben muss ich rausdrehen, dann sind wir zumindest hier erst mal raus.

Sie hatte die erste Schraube herausgedreht, da stand das kleine Mädchen neben ihr und hielt ihr ein weiteres Eincentstück entgegen. »Das hab ich gefunden auf dem Weg zur Schule. Kann ich dir damit helfen?«

»Ja, Kleines. Versuch dich an den Schrauben unten. Nach links drehen. Wie heißt du denn?«

»Lina. Ich heiße Lina, und das ist meine Mama.« Sie zeigte auf Onna, die sich im Bett aufgerichtet hatte und den beiden zuschaute.

Es dauerte eine gefühlte Ewigkeit und zwei abgerissene Fingernägel, bis sie alle Schrauben aus den Scharnieren gelöst hatten, aber nun war der Moment gekommen. Die Freiheit war zum Greifen nah.

»Komm her, Onna. Hilf mir mit der Tür«, sagte Jenny und winkte Onna zu sich. Diese kam sofort, und augenblicklich war die Tür auf die Seite gestellt.

Nun standen sie zu dritt im Wohnzimmer. Von oben schien durch eine Verglasung in der Decke Tageslicht in den Raum. Jenny rannte zur nächsten Tür, doch diese war verschlossen. Und hier gab es keine Schrauben, die sie hätten lösen können.

»Verdammt«, sagte Jenny, hämmerte mit den Fäusten gegen die Tür, doch schon Sekunden später hatte die Verzweiflung sie übermannt, und sie schluchzte in ihre Hände, die sie vor ihr Gesicht gelegt hatte.

Doch diesmal war es Onna, die eine Idee hatte. Sie tippte Jenny auf die Schulter und zeigte auf die Verglasung in der Decke.

»Und wie willst du da raufkommen? Das sind drei Meter in der Höhe.«

Onna zeigte auf das Sofa.

Klar, wenn wir das Sofa hinschieben, sind wir höher. Das stimmt. Doch sofort kamen Zweifel auf.

»Wir sind noch immer nicht hoch genug dafür. Da kommen wir niemals raus.«

Doch Onna nickte nur und trat ans Sofa. Sie deutete auf die andere Seite und winkte Jenny. Trotz Jennys Überzeugung, dass dies nichts bringen würde, zogen die beiden die Couch direkt unter die Verglasung. Onna holte eine Decke aus dem Nebenraum und breitete diese auf dem Sofa aus.

Wie hieß noch mal das Sprichwort? Wer nicht wagt, der nicht gewinnt.

»Warte, ich schau mal, womit wir das Glas einschlagen können.«

Lina kauerte in einer Ecke und beobachtete die beiden. Zuerst versuchte Jenny es mit dem Besenstiel, doch ohne Erfolg. In der Zwischenzeit brachte Onna einen Topf aus der kleinen Küche im Nebenraum. Sie bedeutete Jenny, dass sie ihn hinaufwerfen solle. Diese Idee schien einfacher in der Theorie zu sein als in der Praxis, denn beim dritten Versuch bekam Jenny den Topf fast auf ihren Kopf. Nur um Haaresbreite verfehlte er sie und donnerte mit metallischem Klang auf den Boden. Sie erstarrte einen Moment und pustete Luft aus ihren Lungen.

»Ich will hier raus«, schrie sie und schleuderte den Topf mit beiden Händen in die Höhe. Ein Knall, ein Klirren, und schon rieselte ein Splitterregen herab. Jenny stieß mit dem Besenstiel gegen das Glas, und weitere Scherben fielen herunter. Eine kühle Brise zog durch den Raum. Sie konnte die Freiheit riechen. Sie sprang vom Sofa,

117

entfernte die Decke, die sie achtlos auf den Boden warf, und wandte sich an Onna. »Lass uns probieren, ob wir rauskommen. Willst du zuerst hinaussteigen?«

Onna schüttelte den Kopf und zeigte mit dem Zeigefinger auf Jenny, die daraufhin nickte. Onna stellte sich aufs Sofa und machte eine Räuberleiter. Jenny hoffte inständig, dass Onna genug Kraft besaß, um sie zu halten.

Sie stellte ihren Fuß auf Onnas ineinander verschränkte Hände. »Auf drei, ja? Eins, zwei, drei.« Jenny schwang sich mit aller Kraft in die Höhe und erreichte mit ihren Fingern den rettenden Rahmen. Einige Reste vom Glas bohrten sich in ihre Handflächen, doch auf keinen Fall würde sie loslassen. Sie hing von der Decke herunter und versuchte, sich hinaufzuziehen. Doch dies war schwerer als gedacht. Erst als Onna ihre Fußsohlen ergriff und sie nach oben drückte, schaffte sie es an die frische Luft. Sofort legte sich Jenny flach auf den Boden und streckte ihre Hände durch die Öffnung. »Los, zuerst Lina, dann du.«

Dadurch, dass das Mädchen nicht viel wog, schwebte sie fast wie von Geisterhand in die Höhe. Doch als Jenny erneut ihre Hände nach unten streckte, konnte sie Onnas Hände nicht erreichen. Sosehr sich die beiden auch bemühten, der Abstand zwischen ihren Händen blieb einfach zu groß. Plötzlich schüttelte Onna ihren Kopf.

»Was soll das heißen? Komm jetzt!«

Doch Onna verständigte sich in Gebärdensprache mit

ihrer Tochter. »Sie sagt, dass sie hierbleiben will«, übersetzte die Kleine. Die Tränen liefen ihr bereits über das Gesicht, und die Worte kamen ihr nur stockend über die Lippen. »Du sollst auf mich aufpassen. Damit mir nichts passiert. Du bist die Stärkere, und sie würde uns nur aufhalten bei der Flucht.«

»Nein. Ich lasse dich nicht hier.«

Onna bediente sich wieder der Gebärdensprache. »Ich soll bei dir bleiben. Sie kommt mich zu einem späteren Zeitpunkt holen.«

»Onna? Was bedeutet das? Ich verstehe nicht!«

»Sie sagt, dass du alles bald verstehen wirst.«

»Okay, ich hole Hilfe. Dann bringen wir dich hier raus, ja?« Jenny wandte sich Lina zu und rappelte sich auf. »Los, wir müssen weg hier.«

In diesem Moment hörte sie den Motor eines Autos und das Zuschlagen einer Tür. Sie schaute den leichten Abhang hinunter und sah einen der beiden Männer, die sie entführt hatten.

31

Tag 3, vormittags – Sven

Sven schnaufte, als er den Block, in dem Helga Brown wohnte, erreichte. Er hatte sich kurz und knapp von Carlos verabschiedet. Und natürlich hatte er kein Wort darüber verloren, was der Anruf damit zu tun hatte. Schließlich sollten Carlos und sein Team sich mit der Suche nach Jenny beschäftigen und nicht von einem schrulligen alten Weib aufgehalten werden.

Trotz allem klang die Stimme der Frau noch in seinen Gedanken nach. *Was, wenn sie von jemandem bedroht wird? Wenn ihre Angst berechtigt wäre? Hätte ich doch Carlos darüber informieren sollen?* Die Fragen beschäftigten ihn noch, als er durch die Haupteingangstür ging, die vermutlich einer der Mieter offen gelassen hatte. Er lief die Stufen hinauf und sah schon kurz vorm Ziel, dass die Wohnungstür einen Spalt offen stand. Kein Geräusch drang aus der Wohnung. In diesem Moment wünschte sich Sven wieder seine Waffe zurück, die er damals bei der Quittierung seines Dienstes als Polizist hatte zurückgeben müssen. Sein Puls begann zu rasen. *Was wäre, wenn,* drang in sein Hirn ein, und er holte sein Handy aus der Hosentasche. Er drückte auf dem Display

herum, bis der Name ›Carlos‹ erschien, bevor er den Bildschirm abschaltete und das Handy einsteckte. Sicher war sicher.

Langsam öffnete er die Tür ein Stück weiter. Auf Zehenspitzen schlich er in die totenstille Wohnung. *Hoffentlich ist ihr nichts passiert, und ich komme noch rechtzeitig.*

Da! Ein Schluchzen war zu hören. War das Helga Brown? In diesem Moment fiel ihm wieder ein, dass er unbewaffnet war. Sollte es sich hier um einen Überfall handeln und die alte Dame festgehalten werden, womit sollte er sich verteidigen? Der Flur war ein schlauchartiger Gang. Auf der Kommode lag nichts, was er zur Abwehr nutzen könnte. Der kleine Aschenbecher, der auf einem gehäkelten Deckchen stand, war zwar aus Porzellan, doch für diesen Zweck höchst ungeeignet. Der Schlüsselbund und auch das Taschenbuch ebenso.

Sven starrte auf seine Hände. Die müssten den Dienst verrichten. So wie schon einige Male zuvor. Er ballte sie zu Fäusten und stürmte in den Raum, aus dem das Schluchzen gekommen war. Doch ihm bot sich ein groteskes Bild. Es war nicht das Schluchzen der alten Dame gewesen, was er gehört hatte.

In der Küche stand ein Esstisch mit drei Stühlen. Auf dem einen saß Helga Brown. Sie streichelte langsam über den Rücken eines jungen Mannes, der neben ihr saß.

Dieser hatte sein Gesicht in seine Hände vergraben. Wieder entfuhr ihm ein Schluchzen.

Helga Brown sah zu Sven auf. »Es ist alles ganz anders, als ich gedacht hatte.«

Wie von der Tarantel gestochen sprang der junge Mann von seinem Sitzplatz auf und starrte Sven entgeistert an. Und da erkannte er ihn. *Ganz klar ist das dieser Typ, der mich zu Boden gestreckt hat.*

Blitzartig fuhr in Sven die Wut hoch, und er stürmte zu ihm. Doch in diesem Moment spürte er eine Hand auf seinem Unterarm. »Bitte, setzen Sie sich. Sie müssen sich anhören, was er zu sagen hat.« Helga stellte sich vor den jungen Mann.

Was hat das bloß wieder zu bedeuten?

32

Antonia keuchte, als sie hinter einem der großen Bäume Schutz suchte. Das Adrenalin, das durch ihre Adern gepumpt wurde, ließ sie auf Hochtouren laufen. Keine Ahnung, wie weit sie vom Haus weggelaufen war. Keine Ahnung, ob er sie verfolgte. Es war mitten in der Nacht und stockfinster. Sie hörte von überall Geräusche. Das Knacksen von Ästen. Dort ein Rascheln, da ein Gurren. Waren das Schritte hinter ihr? Sie wusste es nicht. Sie musste fliehen aus diesem Albtraum, in dem sie sich befand. Hatte sie ihn getroffen? War er tot? Oder war sie es bald?

Die Verzweiflung durchzog sie wie ein Blitz und schüttelte ihren Körper. Nur mit Mühe und Not konnte sie sich noch auf den Beinen halten. *Was soll ich tun? Wo soll ich bloß hin? Und wann kann ich Miguel holen und ihn zu Melodia bringen?*

Er war einfach in sich zusammengesackt und still am Boden liegen geblieben, nachdem er Miguel von sich gestoßen hatte. Sie wollte … nein, sie konnte im Moment nicht an ihn denken. Sie musste weiter. Sie musste überleben und ihn dann holen. Und dieses Monster

müsste endlich sterben! Er hatte ihr nun beide Kinder genommen. Reichte ihm ihr Baby nicht? War es das, was er wollte?

Ein Glucksen entfuhr ihrer Kehle, als die Tränen wieder überhandnahmen, und sie schlug sich sofort auf den Mund. Sie durfte keinen Laut von sich geben. Er durfte nicht wissen, wo sie sich versteckte.

Es war eindeutig ein Schritt gewesen, der dieses Knacksen hinter ihr ausgelöst hatte. Er lebte noch immer, dieses Scheusal. Sie hätte schwören können, dass sie ihn mit dem Schläger am Schädel getroffen hatte, bevor sie aus dem Haus gestürmt war.

Sie war ihm schutzlos ausgeliefert. Vielleicht sollte sie aufgeben. Vielleicht sollte sie zu ihren Kindern in den Himmel gehen. Dort könnte sie den beiden eine gute Mutter sein. So wie sie es sich schon immer gewünscht hatte.

Doch wäre es nicht das, was diese Bestie wollte. Komplette Auslöschung. Ihm würde es nicht ausreichen, sie nur zu töten. Das wäre ihm zu einfach. Er würde sie quälen, bis ihr Körper unter der Folter endlich aufgab. Er hatte immer gewusst, wie er sie wieder ins Leben zurückbringen konnte.

»Wo ist denn meine Fotze? Komm zu Papi.« Seine Stimme klang so zart wie ein Glöckchen. Ihr Körper erschauderte, und es war, als wäre sie Jahre in die

Vergangenheit zurückbefördert worden. Sie konnte seinen Gestank riechen, dabei war er noch einige Meter von ihr entfernt. Er war permanent in ihrer Nase, jedes Mal, wenn sie seine Stimme hörte. Meist reichte es auch, wenn sie nur an ihn dachte. Sein Geruch hatte sich tief in ihre Synapsen eingebrannt. Nie wieder könnte sie ihn vergessen.

Sie stand noch immer regungslos mit dem Rücken am Baumstamm. Und die Schritte kamen näher. Genauso wie der Gestank. Er war rasend vor Wut. Das konnte sie an seinem Tonfall hören. Es war diese Tobsucht, die ihn zu diesem Ding machte, das kein Mensch sein konnte.

»Ich liebe dich so sehr. Ich möchte dich doch heiraten. Ich verspreche dir, es war nur ein Ausrutscher«, sprach er, als er ihr vom Boden aufhalf. Sie legte schützend ihre Hände auf ihren Bauch. Ihren kleinen Sohn, ihr Ungeborenes, musste sie beschützen. Er war ein Teil von ihr. Ihr eigen Fleisch und Blut. Genauso wie seines. Er nahm sie in seine starken Arme. Sein Gestank stieg ihr in die Nase. Diese Mischung aus Alkohol, Huren und Zorn. Sein Körper zitterte wie Espenlaub, dabei sollte doch ihrer vor Angst beben. Doch sie blieb ruhig. In diesem Moment war etwas in ihr gestorben. Schluchzend weinte er sich an ihrer Schulter aus und schwor tausendmal, dass es nie wieder passieren würde, dass er ihr nie wieder wehtun würde. Und sie glaubte ihm. Sie glaubte ihm auch noch

bei seinem zehnten – oder vielleicht war es der zwölfte –
Ausrutscher. Auch beim hundertsten Mal noch, als er ihr
Besserung schwor. Sie glaubte ihm. Sie liebte ihn doch.
Und die Kinder brauchten ihn. Als Respektsperson. Als
Vater. Sie glaubte ihm bis zu dem Tag, als sie in Melodias
tote Augen starrte. Das war der Schlag, der sie in die
Realität zurückbrachte.

Sie schloss ihre Augen bei diesem Gedanken. Und genau in diesem Moment durchfuhr sie wieder diese Entschlossenheit, das Monster töten zu müssen.

33

Tag 3, vormittags – Jenny

»Schnell«, sagte Jenny und zog Lina hinter einen Holzverschlag, der aus einigen Paletten gebaut war. Sie ließ sich anstandslos mitziehen und kauerte sich wie Jenny auf den Boden. »Pssst. Kein Wort, ja?« Jenny legte warnend ihren Zeigefinger auf den Mund.

Das Mädchen nickte.

Jenny beobachtete das Auto, das in die Einfahrt fuhr. Der Mann mit der Narbe schloss das Tor zur Straße und schlurfte in Richtung Eingang. Als auch endlich Vollbart ausgestiegen und aus ihrem Sichtfeld verschwunden war, flüsterte sie: »Schnell jetzt. Du läufst, so schnell du kannst. Und du machst keinen Mucks, okay? Schaffst du das?«

Sie wartete nicht auf Linas Reaktion, sondern sprang auf und rannte mit ihr zum Tor. Es waren vielleicht fünfzehn Schritte, doch die Aufregung ließ sie außer Atem kommen. Sie versuchte, das Tor aufzubekommen, doch es war verschlossen. Zum Hinüberklettern war es eindeutig zu hoch und mit dem kleinen Mädchen nicht machbar. *Hier kommen wir nicht raus,* dachte sie sich noch, als sie das Geschrei der beiden Männer hörte. *Schnell, Jenny!*

Lass dir was einfallen!

Das gesamte Grundstück war mit einem Maschendrahtzaun eingegrenzt worden, der an vielen Stellen von Unkraut überwuchert war. Könnten sie über den Zaun klettern, der doch gute zwei Meter hoch war? Aber was war dahinter? Doch es war ihre einzige Chance, hier wegzukommen und Hilfe zu holen. Sie packte Lina um ihre Hüfte, hob sie hoch und sprintete zum Zaun.

»Da sind die beiden.«

Doch Jenny drehte sich nicht um, sondern rannte ihrem Ziel entgegen. »Lina, du musst rüberklettern«, sagte sie und half dem Mädchen, indem sie es so hoch hob, wie sie nur konnte. Sofort machte sich auch Jenny an die Überwindung des Hindernisses, und einen Augenaufschlag später war sie bereits in der Höhe. Erst jetzt sah Jenny, was dahinter war.

Keine fünf Meter von dem Zaun entfernt war ein steiler Abhang. Der mit Unkraut verwucherte Trampelpfad würde die beiden zurück auf die Straße führen. Und wenn dies die einzige Möglichkeit war, hier herauszukommen, dann würde sie diese beim Schopfe packen.

»Lina, halt dich fest. Ich helfe dir gleich.« Jenny war gerade dabei, ihren Fuß über den Zaun zu schwingen, da packte sie Vollbart an ihrem anderen Fuß und zog an ihr. Panisch trat sie um sich und rief der Kleinen zu: »Lina, spring! Lauf, lauf zum nächsten Haus und hol Hilfe! Los

jetzt!«

Die Kleine starrte sie regungslos an. Sie würde nicht ohne sie gehen.

Jenny schaute zu Vollbart hinunter. »Lass mich los!«, sagte sie noch, holte mit ihrem Fuß aus und trat ihm mit voller Kraft mitten ins Gesicht. Vollbart jaulte auf wie ein Wolf. Der Mann ließ sie los. Sie nutzte die Gunst der Stunde, schwang sich über den Zaun, ließ sich nach unten fallen und kam mit ihren Füßen auf. Sogleich hatte sie auch Lina herabgeholfen, und gerade als sie mit dem Mädchen am Arm loslaufen wollte, verhedderte sich ihr Schuh in dem Unkraut, und sie verlor das Gleichgewicht. Sie ließ Lina reflexartig los, um sie nicht unter sich zu begraben. Flink rappelte sie sich wieder auf, drehte sich dem Mädchen zu und wollte gerade ihren Arm packen, da griff sie ins Leere. Verwirrt schaute sie sich um, doch Lina war verschwunden.

»Suchst du sie?«, fragte der Mann mit der Narbe im Gesicht, der nur einige Meter von ihr entfernt stand. Er hatte das Mädchen fest an sich gepresst. Seine Hand lag auf ihrem Mund.

»Lass sie los.«

»Erst, wenn du wieder brav bist. Ansonsten werde ich ihr fürchterlich wehtun.«

»Nein, das wirst du nicht.«

»Oder«, sagte der Mann mit der Narbe. »Oder ich lass

die Kleine bei meinem Freund. Was hältst du davon?«

»Du bist ein mieses Schwein. Ich dachte, du hättest wenigstens noch ein Fünkchen Anstand im Leib. Aber nein, du bist genauso mies wie der andere.«

»Kommst du jetzt brav mit, oder ...?« Er legte ein gekünsteltes Lächeln auf.

Innerlich fluchte Jenny und ballte ihre Hände zu Fäusten. Sie benutzte in Gedanken Worte, die sonst nur Sven aussprach. Dann seufzte sie und trottete ihm entgegen.

»Na, geht doch. Braves Mädchen! Und jetzt sagst du mir noch deinen Namen.«

Jenny weigerte sich und ließ ihre Lippen geschlossen. Doch als Lina aufschrie, weil der Narbenmann sie fester anpackte, antwortete sie. »Jenny«, presste sie hervor.

34

Tag 3, vormittags – Sven

»Na, dann erzähl mal«, sagte Sven, als er sich mit Helga Brown und dem jungen Mann an den Tisch setzte. Innerlich war er aufgewühlt. Er hatte keine Zeit für derartige Spielchen. Es gab Wichtigeres zu tun, als sich die Story von dem Typen anzuhören. Ihm kam ein Seufzen über die Lippen, als der junge Mann schwieg, anstatt zu sprechen. »Red jetzt endlich. Du stiehlst mir meine Zeit.«

Es war Helga Brown, die stattdessen das Wort ergriff. »Er heißt Felipe. Und er ist fünfzehn Jahre alt.«

»Wunderbar«, sagte Sven und schnaubte verächtlich. »Was hat er nun Wichtiges zu sagen?«

»Er ist derjenige, der mich die letzten Tage verfolgt hat. Weswegen ich Sie auch engagiert habe. Er hat nicht den Mut gefunden, mich anzusprechen, deswegen ist er so um mich herumgeschlichen.«

Sven stand auf. »Okay, dann ist ja alles geklärt. Find ich super.« Er fragte sich, ob es wirklich ihr Ernst war, dass sie ihn wegen dieser Kleinigkeit so aufgebracht angerufen hatte. Aber gut, alte Menschen waren halt manchmal ein wenig sonderbar.

»Setzen Sie sich wieder, Herr Wagner. Es geht um

Felipes Mutter.«

Sven hatte sich schon Richtung Ausgang gewandt, doch bei dieser Aussage blieb er stehen und drehte sich zu ihr um. »Was ist mit seiner Mutter?«

»Sie ist in Gefahr. Sie müssen Felipe helfen, seine Mutter zu finden.«

»Ich verstehe kein Wort mehr. Wo lebt er denn, wenn nicht bei seiner Mutter? Ist das nicht Aufgabe der Polizei?«

»Felipe«, sagte Helga und strich dem Jungen über den Rücken. Die ganze Zeit hatte er seinen Blick auf den Boden gerichtet, doch jetzt schaute er Sven mit tränengefüllten Augen an. »Sag Herrn Wagner, was mit deiner Mutter passiert ist. Er kann dir sicher helfen.«

Anfangs redete Felipe nur stockend. »Vor einer Woche habe ich einen Zettel gefunden in einem Fotoalbum. Das mit meinen Babyfotos. Dort stand nur eine Adresse drauf. Ich hab mir zuerst nichts dabei gedacht. Doch als ich Oma auf meinen Fund angesprochen habe, versprach sie mir, dass wir so bald wie möglich hinfahren und ich endlich zu meiner Mutter kann. Im ersten Moment war es für mich ein großer Schock.«

»Ich verstehe noch immer nicht, worum es hier geht und was du mir sagen willst.« Sven schaute zwischen Helga Brown und Felipe hin und her.

Der Junge brach in Tränen aus, und es schüttelte ihn

am ganzen Körper.

»Komm, trink was«, sagte Helga und reichte ihm ein Wasserglas. Es dauerte gefühlte Stunden, bis der Junge endlich wieder sprechen konnte.

»Die Adresse auf dem Zettel ist der Wohnort meiner Mutter. Verstehen Sie? Meine Großmutter hat ihn dort versteckt. Sie wusste, wo meine Mutter ist. Und jetzt ist der Zettel verschwunden.« Wieder unterbrachen ihn die Tränen, die seine Wangen bachartig hinabschossen.

»Frau Brown! Bitte. Wenn die Frau in Gefahr ist, dann müssen Sie mir Klartext sprechen. Der Junge kann das nicht.«

Helga räusperte sich. »Felipes Mutter ist vor neun Jahren vor ihrem Mann weggelaufen. Nachdem er die kleine Melodia, Felipes Schwester, totgeprügelt hat. Allerdings konnte man ihm das nie beweisen. Felipe war zur Zeit ihrer Flucht bei seinen Großeltern.«

»Okay, das war vor neun Jahren«, sagte Sven. »Was hat das mit heute zu tun? Wer sollte den Zettel gefunden haben?«

»Felipes Großmutter, Ana, Gott steh ihr bei, ist seit zwei Tagen spurlos verschwunden. Felipe kam von der Schule heim und fand ein durchwühltes Haus vor. Er hat nach diesem Zettel gesucht, aber nichts gefunden. Leider kann er sich nicht mehr an die Adresse erinnern, die darauf geschrieben stand. Und ich wusste sie nie. Je mehr

Leute Bescheid wissen über ihren Aufenthaltsort, umso gefährlicher wird es.«

»Ich verstehe nicht. Warum sollten Sie über den Aufenthaltsort Bescheid wissen?«

»Ana und ich haben uns durch die Kirchengruppe kennengelernt. Das war vor knapp sechs Jahren. Sie erzählte mir von ihrer Tochter Claudia und auch, dass sie ihren Enkelsohn Felipe bei sich aufgenommen hatte und ihm nie die Wahrheit über seine Mutter und seinen Vater erzählt hatte. Für ihn waren alle bei einem Autounfall gestorben. Sie wollte ihm erst die Wahrheit sagen, wenn er groß genug ist. Als ich sie fragte, wann er denn groß genug dafür sei, hat sie nur mit einem Schulterzucken geantwortet. Ana und ich trafen uns auch des Öfteren außerhalb der Gruppe. Es war eine tiefe Verbundenheit zwischen uns. Sie hatte mir doch ihr größtes Geheimnis anvertraut.«

»Oma hat nach dem Tod von Opa zu mir gesagt, wenn sie mal nicht mehr da ist, soll ich zu Helga Brown gehen. Sie würde wissen, was zu tun ist«, mischte sich nun auch Felipe in das Gespräch ein. »Ich kannte Helga nicht. Nur von den Erzählungen meiner Oma. Als ich vor der Haustür stand und Helga zu schreien begann, als sie mich sah, bekam ich es mit der Angst zu tun und lief weg. Ich schlich den ganzen Tag hier herum und hoffte, dass ich doch eine Gelegenheit bekam, mit ihr zu sprechen. Ich konnte

nirgends hin. Nach Hause war mir zu gefährlich. Obwohl ich mich mehrmals ins Haus schlich, um nachzuschauen, ob Oma da ist. Doch als ich die beiden Männer sah, die ins Haus gingen, bekam ich Panik. Einer von den beiden sah meinem Vater ähnlich. Ich kannte ihn von den Fotoalben, die ich mit meiner Oma angesehen hatte. Er hatte so etwas Bedrohliches. Sie hat mir doch erst vor wenigen Tagen die Wahrheit erzählt. Über meine Mama und auch über meinen Erzeuger. Alles, wie es damals abgelaufen ist. Und auch über meine Schwester. Und als Sie dann hier noch auftauchten und mich verfolgten, dachte ich, mein Vater hat Sie geschickt, um mich zu fangen.«

Sven fasste sich an sein Kinn, als er an diese Situation dachte. Vermutlich hätte er genauso gehandelt wie Felipe. »Das geht mir hier ein wenig zu weit. Ich muss die Polizei rufen. Das schaffe ich nicht allein, da brauchen wir Unterstützung.«

»Bitte, keine Polizei. Wenn er die Polizei sieht, dann ist meine Mutter tot.« Felipe legte seine Hand auf Svens Unterarm. Seine Augen waren bereits rot geweint, und erneut füllten sie sich mit Tränen.

35

Tag 3, vormittags – Luis

Luis' Herz hämmerte wie wild gegen seinen Brustkorb. Er hatte die Kleine fest am Arm gepackt. Die junge Frau ging vor ihm. Ihren Kopf hielt sie gesenkt. Wie ein geprügelter Hund. Natürlich tat sie ihm leid, gar keine Frage. Doch er konnte nicht riskieren, dass wegen ihr der ganze Plan scheiterte und er nicht an sein versprochenes Geld kam.

Er schubste sie an. »Komm schon, Jenny. Beweg dich ein wenig schneller.« Soeben schritten die drei durch das geöffnete Holztor, durch das Luis Momente vorher herausgerannt war.

»Ich verstehe nicht, was das hier soll«, murmelte Jenny.

In diesem Moment kam Esteban angerannt und stürmte auf Jenny zu. »Du kleines Miststück. Sieh, was du gemacht hast.« Er zeigte auf sein Gesicht. Ganz deutlich sah man die Abdrücke ihrer Schuhsohle, seine Lippe war aufgeplatzt und blutverkrustet. Er packte sie an den Haaren und zog sie hinab. Seine Wut war so deutlich zu spüren, dass es Luis mit der Angst zu tun bekam und das Mädchen losließ.

»Hör auf! Bist du irre? Lass sie in Ruhe!« Luis umfasste seinen Unterarm und stellte sich zwischen die beiden.

Doch Esteban sah nur zu ihm auf und funkelte ihn böse an. »Verschwinde!«, sagte er und spie ihm die Worte entgegen. »Ich hab mit der noch eine Rechnung offen. Und jetzt ist Zahltag.« Er riss weiter an ihren Haaren und packte sie Sekunden später am Nacken. Er drückte Jenny so fest nach unten, dass er sie damit in die Knie zwang. Dann holte er mit seinem Fuß aus. Jenny schrie aus Leibeskräften, und noch bevor der Fuß sie erreichte, kickte Luis ihn von ihrem Körper weg. Esteban konnte sein Gleichgewicht nicht mehr halten und fiel auf sein Hinterteil. »*¡Vete a la mierda!*[22]«, schrie er und fuchtelte wild mit den Händen herum.

»Du drehst hier völlig ab. Logisch, dass sie sich wehrt, wenn du sie festhältst. Wir gehen jetzt alle gesittet rein, ich versorge deine Wunde, und dann überlegen wir in Ruhe. Klar?« Luis hoffte, dass die Angst, die er in seinem Körper verspürte, nicht in seiner Stimme hörbar war. Er versuchte, so stark und fest zu sprechen, wie es ihm möglich war. Und anscheinend wirkte es, denn Esteban kam wieder auf die Beine, zwar noch immer fluchend, aber er schlurfte in die Höhle hinein.

---

[22] Verpiss dich!

Dann durchfuhr es Luis wie ein Blitz. *Das Mädchen, wo ist das Mädchen?* Er drehte sich einmal im Kreis, doch er sah sie nicht. War alles umsonst gewesen?

Er half Jenny auf, die noch immer am Boden gekniet hatte. »Wo ist das Mädchen?«, fragte er sie, doch sie zuckte nur mit den Schultern.

Ist die Kleine davongelaufen? Gerade vorhin war sie doch noch erstarrt wie ein Stein, und jetzt läuft sie einfach fort? Warum jetzt? Was mache ich nur?

Vielleicht packte er Jenny ein wenig zu fest an ihrem Unterarm, weil ein Raunen über ihre Lippen kam. Doch er musste sie zuerst hineinbringen, damit er die Kleine suchen konnte. Jede Sekunde zählte. In der Zwischenzeit müsste Esteban auf die Frauen aufpassen. Erst wenn alle drei wieder beisammen wären, würden sie sich überlegen, wie es weiterginge.

»Ich wusste, dass du einer von den Guten bist.« Jennys Worte trafen ihn unvermittelt.

»Dir hat wohl der Schreck von eben nicht ganz gutgetan, was? Hat dir deine Sinne vernebelt? Ich bin mit Sicherheit keiner von den *Guten*. Damit das klar ist.« Als würde er ihr zeigen wollen, dass seine Worte der Wahrheit entsprachen, packte er sie fester an. Sie zuckte kurz.

»Mir kannst du nichts vormachen. Du hättest die Kleine niemals diesem pädophilen Arschloch überlassen.«

Luis zog an ihr und stieß sie vor sich her.

36

Tag 3, vormittags – Sven

Nach einer halben Ewigkeit kam Sven aus dem Wohnhaus von Helga Brown. Felipe hatte ihn anfangs begleiten wollen, doch Helga hielt ihn zurück. Er nahm wieder die Abkürzung über den Spielplatz. Schon kurz vor dem Ausgang zum Parkplatz, auf dem sein Auto stand, sah er die vielen Polizeiwagen. Einige Polizisten schwirrten ziellos umher. Zumindest kam es Sven so vor. Auch das Auto von Carlos stand noch an der gleichen Stelle.

Sofort rannte er los. *Jenny!* Ihm wurde gleichzeitig heiß und kalt, als er die beiden Uniformierten vor dem Haus von Urs Gautier stehen sah. *Ist Onna gefunden worden? Oder die Tochter? Lebt Jenny? Ist sie hier? Was ist bloß passiert? Warum hat Carlos mich nicht informiert?* Diese und tausend andere Gedanken schossen ihm wie Pfeile durch seinen Kopf. Wie von Sinnen rannte er an den zwei Uniformierten vorbei, die sich links und rechts am Eingang platziert hatten. Zumindest versuchte er es, denn einer der beiden griff nach seinem Arm und hielt ihn fest. Sven wurde sofort in seinem Schwung abgebremst und blieb stehen.

»Halt!«, sagte der Dickere von beiden in festem Tonfall.

»Ich muss zu Inspektor Muñoz Díaz!«

»Das ist ein Tatort. Hier darf keiner rein.« Der Polizist zerrte an Svens Arm und zog ihn beherzt zurück auf den Weg vor Urs Gautiers Grundstück. Sven versuchte, sich aus dem Griff zu befreien, doch der Polizist handelte sofort und drehte ihm binnen Millisekunden den Arm auf den Rücken. »Ich nehme Sie gleich fest, wenn Sie so weitermachen.«

»Und ich werde Sie anzeigen wegen Körperverletzung und Freiheitsberaubung. Lassen Sie mich sofort los!«, sagte Sven und wand sich im Griff des Polizisten. Doch der Uniformierte drehte Svens Arm ein Stück weiter nach oben und drückte ihn mit seinem Gewicht gegen den Zaun. Der Schmerz, der blitzartig seinen Arm durchzog, war unerträglich, und es brannte wie das Höllenfeuer in seiner Schulter. Sven schrie auf.

»Hören Sie auf jetzt und verschwinden Sie hier!«, zischte ihm der Uniformierte ins Ohr. Sein Kollege kam näher und flüsterte etwas, was Sven nicht verstand, doch anscheinend hatte es etwas mit ihm zu tun, da der Polizist seinen Griff lockerte.

Gleich darauf hörte er Carlos' Stimme. »Lass ihn los!«

Ruckartig zog Sven seinen Arm weg, als der Polizist ihn endlich losließ. Mit einem verächtlichen Blick sagte Sven: »Das wurde auch Zeit. Ich schwöre, das nächste Mal packst du mich nicht mehr an! Ansonsten ...« Doch seine

Wut verflog augenblicklich, als er zu Carlos schaute. Anscheinend gab es keine guten Nachrichten. »Was ist mit Jenny?«, fragte er.

»Von Jenny wissen wir nichts. Dafür hat Señor Gautier eine – sagen wir mal – Drohung bekommen.«

»Du sprichst in Rätseln. Was soll das heißen? Wo ist meine Jenny?«, sagte Sven, und vor lauter Aufregung spuckte er Carlos einige Speicheltropfen entgegen.

»Eine Drohung mit einer eindeutigen Botschaft.« Carlos war es sichtlich unangenehm, denn er wich Svens Blicken aus.

Doch Sven trat näher an ihn heran und zischte: »Wenn du mir nicht sofort sagst, was hier los ist, dann drehe ich noch völlig durch!« Seine Hände waren zu Fäusten geballt.

Carlos sagte nichts, machte aber eine einladende Handbewegung, dass Sven ihm folgen solle. Was dieser auch tat. Carlos ging ins Haus, vorbei an Urs Gautier, der wie ein Häufchen Elend zusammengekauert auf dem Sofa saß und Worte wie »Wie konnte so etwas nur passieren? Warum nur?« vor sich hin stammelte. Verwirrt blickte Sven zu ihm und konnte sich keinen Reim darauf machen. Doch dann sah er ein kleines Bündel, zugedeckt mit einer rosaroten Kuscheldecke, auf dem Boden der Terrasse liegen. Könnte es sein, dass es das Mädch... und sie ... in kleine Teile ... oder auch ...? Tränen stiegen ihm in die Augen. Carlos hob die Decke an, und Sven blickte

fassungslos auf einen Teil Haut.

Es war der Hund! Kahl rasiert! Die Augen waren offen, und die Zunge hing aus seinem Maul. *Shitfuck!*, war das erste Wort, das ihm dazu einfiel. »Wer macht denn so was? Was ist denn das für ein kranker Typ?«, sagte Sven zu Carlos, als er den Zettel las, der mit Nägeln am Brustkorb des toten Hundes befestigt war. Es waren Buchstaben, die eindeutig aus Zeitungen ausgeschnitten waren.

Wenn du nicht willst, dass deiner Frau und deiner Tochter etwas passiert, dann solltest du tun, was ich dir gesagt habe. Und keine Polizei! Ansonsten darfst du auch ihnen ein Grab schaufeln.

»Ich hab keine Ahnung«, sagte Carlos und hob seine Schultern.

»Aber wie ist der Hund hier reingekommen?«

»*Señor* Gautier hat sie hereingebracht. Sie lag im Vorgarten. Er hat sie auch zugedeckt.«

»Also hat er alle möglichen Spuren verwischt!«

»Nein, den Brief hat er nicht angefasst. Wir müssen auf die Spurensicherung warten. Was mir aber auffällt, ist, dass hier Jenny mit keinem Wort erwähnt wird.« Carlos legte die Decke auf den Hund und stand auf.

»Du meinst, der kranke Typ hat Jenny gar nicht? Aber

143

wo ist sie dann?«

»Sven, das kann ich dir doch auch nicht sagen.«

Sven legte seinen Zeigefinger auf den Mund und überlegte einen Moment. »Hier steht: keine Polizei. Der Übergabeort des Lösegeldes ist der Mülleimer neben der Schaukel, der auch freie Sicht auf den Parkplatz bietet. Genau dort, wo die tausend Polizeiautos stehen.«

»Darum hab ich mich schon gekümmert. Die Uniformierten werden abgezogen, und Polizisten in Zivil übernehmen die Observation.«

»Denkst du echt, das ist ein Zufall, dass alle drei zur selben Zeit verschwinden? Das gibt es doch nicht. Da muss es einen Zusammenhang geben!«

»Ja, ich gebe dir recht. An solche Zufälle glaube ich auch nicht. Aber ich frage mich trotzdem, warum sie nicht erwähnt wird. Wo warst du eigentlich zu der Zeit, als das hier passiert ist?«

Sven konnte Carlos' Frage kaum fassen. Einen Moment lang blieb ihm sogar der Mund offen stehen, bevor er seinem Ärger Luft machte. »Sag mal, was soll die Fragerei? Woher sollte ich denn wissen, wann das hier passiert ist, wenn du es mir nicht gesagt hättest? Ich war bei Helga Brown. Du kannst sie ja selbst fragen. Sie hat mir erzählt ...« Er stockte. »... dass nun alles in Ordnung sei und sie meine Dienste nicht mehr benötigt.«

Sich diese Lügengeschichte auf die Schnelle aus dem

Ärmel zu schütteln, fand Sven so gar nicht toll. Aber würde er Carlos die Wahrheit sagen, hätte dieser Fall vermutlich Priorität. Und seine Jenny würde nie gefunden werden. Davon abgesehen wäre dort die Polizeipräsenz noch mehr fehl am Platz. Vielleicht erzählte er es ihm ein wenig später. Jetzt war der Zeitpunkt für so eine Horrorstory völlig unpassend. Fand zumindest Sven. Obwohl er sich schon fühlte wie ein herzloses Egoistenschwein. Ja, genau. Herzlos traf es am allerbesten. Wie konnte er nur Jennys Leben über das einer anderen Person stellen? Hatte er das Recht, über Leben und Tod zu entscheiden? Er war so in seinen Gedanken, dass er Carlos' Worte nicht hörte. Erst als dieser ihn berührte, zuckte Sven zurück. »Sven, alles okay? Du bist so blass!«

Sven schnaufte schwer. Er musste es ihm sagen. Es half nichts. Er würde nie wieder eine ruhige Minute haben, wenn er wüsste, dass die Frau durch seine Selbstsucht gestorben war. Auch wenn er nicht selbst die Mordwaffe in ihren Körper gerammt hätte. Er hätte es verhindern können. Vielleicht! Und dieses *Vielleicht* reichte ihm völlig aus, um es Carlos zu erzählen. »Ich muss dir was sagen«, sagte Sven kleinlaut.

37

Tag 3, vormittags – Jenny

Jenny hörte noch das Blut in ihren Ohren rauschen, als der Typ sie in die Höhle hineinstieß. Dort hinein, wo ihre Flucht nur Minuten zuvor begonnen hatte. Wie dumm war sie gewesen! Sie hätte Lina schnappen müssen. Mit dem Narbenmann wäre sie schon fertig geworden. Er war doch von schmächtiger Statur. Zur Not wäre er den Abhang hinuntergesegelt. Hauptsache, sie hätte dieses Martyrium beenden können. Aber nein! Sie hatte nachgegeben und war auf seine Drohung eingegangen. *Ich bin so eine Idiotin,* schimpfte sie sich in Gedanken.

»Ach, sieh mal an, wer da ist«, dröhnte es hinter ihr. Jenny schaute sich um. Sie sah das Mädchen, das sich fest an den Körper der Mutter klammerte. Sie hatte die Augen geschlossen, und Onna strich ihr beruhigend über die Haare.

Das hätte ich mir auch denken können, dass sie zur Mama rennt und nicht abhaut. Sie ist doch bei dem Fluchtversuch auch wie zur Salzsäule erstarrt. Vermutlich ist sie einfach noch zu klein dafür. Da kann man ihr keine Vorwürfe machen. Der sicherste Platz ist noch immer an Mamas Brust. Arme Kleine. Ehrlich gesagt, auch Jenny

hätte gerne einen sicheren Platz gehabt. Allerdings würde sie Svens Brustkorb bevorzugen und auch eine Schultermassage, die er so toll machte. Mit einem festen Stoß, den sie in ihren Rücken bekam, stolperte sie nach vorne.

»Da! Hinsetzen!« Der Narbenmann deutete auf das Sofa, auf dem auch schon Onna und das Mädchen saßen.

Nun starrte sie abwechselnd die beiden Männer an. Vollbart saß auf dem kleinen Beistelltisch, der in der Ecke stand. Der Narbenmann ging nervös auf und ab und schaute immer wieder auf seine Uhr.

Jenny nahm allen Mut zusammen und fragte nach einiger Zeit nach der Uhrzeit. Doch sie bekam keine Antwort. Nicht einmal einen Blick. Gar nichts.

»Wie lange müssen wir noch warten? Ich hab schließlich Besseres zu tun!«, sagte Vollbart und schaute von seinem Telefon auf.

»So lange, wie es dauert, dauert es.« Wieder schritt der Narbenmann im Zimmer auf und ab. Jenny kam es so vor, als zählte er seine Schritte. Oder bildete sie sich das nur ein? Davon abgesehen, wen interessierte das schon, was er machte? *Ich will hier raus. Nicht mehr und nicht weniger.*

Jenny räusperte sich, bevor sie sprach: »Das würde mich auch interessieren.«

Der Narbenmann blieb ruckartig stehen und starrte sie

147

mit großen Augen an. »Was? Was würde dich ...? Ach, vergiss es. Es interessiert mich nicht. Einfach still sein, sonst kriegst du eine aufs Maul, klar?«

Merkwürdig war das schon. Einerseits wählte er so harte Worte ihr gegenüber, doch hatte Jenny noch immer den Eindruck, dass er ihr kein Haar krümmen könnte oder wollte. Das Gefühl hatte sie damals auch bei Sven gehabt. Und der hatte sie mit einem Messer bedroht. Trotzdem sagte ihr Bauchgefühl, dass Sven ein Guter sei. Und schlussendlich hatte sich das doch auch bestätigt. Auch die Blicke, die der Narbenmann, während er mit ihr sprach, seinem Kollegen zuwarf. Fast schon ... unterwürfig? Oder wollte er nur vor ihm den Schein wahren?

Ihr Blick glitt zu dem Vollbärtigen, der die ganze Zeit auf seinem Handy herumtippte und immer nur kurz aufsah. Zu Lina. Und nur zu ihr. Was wohl in seinem Kopf vorging? Ihr schauderte es allein bei dem Gedanken. Der war eindeutig ein Pädophiler. So ein mieses, krankes Arschloch. Dem gehörte doch der Sch... Sie ertappte sich selbst dabei, wie sie ihm gedanklich die Pest an den Hals wünschte, und war erstaunt über ihre Ausdrucksweise. Fast schon musste sie schmunzeln. Wenn Sven davon wüsste!

Plötzlich läutete das Handy des Narbenmanns. Sofort holte er es aus der Hosentasche. Nun waren vier

Augenpaare auf ihn gerichtet. Er starrte wie gebannt auf das Display. Er nickte, nickte wieder. *Oh Mann, der macht es spannend!*

»Was ist jetzt?«, platzte es aus Jenny heraus, und sie schlug sich sofort auf den Mund. Eigentlich war das nur ein Gedanke gewesen, der nicht laut ausgesprochen werden sollte.

Das vollbärtige Individuum sprang von seinem Platz auf und schritt auf sie zu. »Halt dein verdammtes Maul!« Er hob seine Hand in die Höhe, bereit, sie auf ihrem Gesicht zu platzieren.

Lina neben ihr schrie auf und strampelte mit ihren Beinen. Jenny hob ebenso ihre Hände, um sich zu schützen. Sie spürte einen scharfen Luftzug. Die Augenlider hatte sie fest aufeinandergepresst.

»Bist du irre?«, sagte der Narbenmann. »Lass das. Wir dürfen die Ware nicht beschädigen. Setz dich wieder hin und halt die Füße still. Wir sollen unsere Gäste in zwei Stunden zum Treffpunkt bringen. Bis dahin wirst du dich wohl noch beherrschen können, oder?«

Jenny lugte hervor und sah, dass er sich schützend vor sie gestellt hatte und den Vollbart zurück in seine Ecke verwies. Am liebsten hätte sie laut ausgeatmet. Was wäre geschehen, wenn er nicht da gewesen wäre?

»Und du«, sagte er, drehte sich zu Jenny um und erhob

drohend seinen Zeigefinger. »Du bist jetzt endlich leise. Ich will keinen Ton mehr von dir hören, klar? Sonst lass ich meinem Freund freie Hand, und dann Gnade dir Gott.«

»Du stellst mich hin, als wäre ich ein Monster. Das gefällt mir nicht!« Vollbart baute sich vor Narbenmann auf.

Doch dieser legte beschwichtigend die Hand auf seine Schulter und flüsterte ihm etwas ins Ohr, was Jenny nicht verstand.

Dann lachte Vollbart los. »Alles klar, Kumpel.«

38

Heute, nachts – Antonia

Wieder ein Schritt. Ein Schritt näher, der über Leben und Tod entschied. Antonia kam es vor, als hätte sie zum letzten Mal vor Stunden eingeatmet. Ihre Lungen brannten. Doch sie durfte ihren Standort nicht verraten. Wenn sie einfach still stehen blieb, konnte er sie nicht sehen. Und nicht hören. Ganz langsam ließ sie die Luft herausströmen. Sie atmete flach weiter. Da! Wieder ein Schritt! Das Knirschen seiner Schuhe mit der harten Sohle.

»Wo ist denn meine Schöne? Warum versteckst du dich vor Daddy? Komm her und spiel mit mir!« Seine Stimme war so nah. Antonia versuchte, einzuschätzen, wie weit er noch entfernt war. Aber wenn er in diese Richtung weiterging, dann würde er sie entdecken.

Und als ob Gott sie in diesem Moment verlassen hätte, verzog sich die Wolke vom Himmel, und der Mond schien hell herunter. Fassungslos schaute sie nach oben. Wie konnte er ihr nur so etwas antun? Als ob es nicht schon genug wäre, was sie hatte durchmachen müssen.

»Nein, bitte nicht!«, schrie Antonia, doch der Tritt traf sie in den Rücken. Die harte Sohle konnte sie genauso spüren

wie die Wut, die in ihm tobte.

»Du Schlampe. Du hast es mit einem anderen getrieben! Ich kann ihn noch riechen!« Gleich darauf wieder ein Tritt. Diesmal verfehlte er nur knapp ihren Kopf und traf ihre Schulter, die mit einem lauten Knacken ihren Dienst quittierte. Der Schmerz fuhr wie eine Rakete durch sie hindurch, doch sie konnte nicht schreien. Sie wusste, sie würde die Kinder aufwecken. Und dann wären sie diesem Monster schutzlos ausgeliefert, das abends über die Türschwelle gekommen war. Heute Morgen hatte noch ihr liebender Ehemann das Haus verlassen, doch abends kam immer öfter ein anderer zurück.

Was sollte sie bloß tun? Sie liebte ihn doch. Er war ihr Leben und sie von ihm abhängig. Sie wollte fort von ihm. Doch wohin? Zu ihrer Mutter, die zugelassen hatte, dass ihr Ehemann Antonia des Hauses verwies? Vor der Geburt ihres ersten Sohnes hatte er gesagt, dass sie mit dem Balg gar nicht ankommen brauche. Ihr Vater war kurz danach verstorben, doch er war ein herzloser Mann gewesen. Angefasst hatte er sie nie. Und sie auch sonst nicht beachtet. Sie war wie Luft für ihn gewesen.

»Was soll die Scheiße hier? Warum muss ich mir mein Bier selbst aus dem Kühlschrank holen? Wofür bist du da, wenn du nicht mal das kannst?« Die halb leere Bierdose traf Antonia am Kopf und goss ihren Inhalt über sie. Doch sie zuckte nicht einmal. Sie wusste, für heute war es

vorbei. Sie rappelte sich auf und ging mit gesenktem
Haupt in die Küche. Er saß auf dem Sofa, und als sie ihm
eine neue Dose Bier brachte, fasste er sich auffordernd in
den Schritt. »Auf die Knie!«

Er musste dicht hinter ihr sein, und sie presste ihren
Körper fester an den Baumstamm. Mit ihm eins werden,
tief verwurzelt. Doch auch diesen Wunsch würde ihr Gott
nicht erfüllen. Nur einmal in ihrem Leben hatte er ihr
einen Engel geschickt. Einen Engel ohne Flügel, aber mit
einem Herzen aus Gold.

Krampfhaft überlegte sie, wie sie ihn überwältigen
oder zumindest so lange in Schach halten könnte, um
abzuhauen. Und Miguel zu holen.

Und da sah sie den Mond, der wie ein Scheinwerfer
durch den dichten Wald herableuchtete. Vielleicht waren
es zwei Schritte, die der Ast von ihr entfernt auf dem
Boden lag. Vielleicht auch drei. Sie musste ihn erreichen.
Ansonsten …

39

Tag 3, mittags – Sven

Sven hatte die Horrorstory von Felipe erzählt, und bereits nach den ersten Sätzen gab es für Carlos kein Halten mehr, und Sven musste ihn zu Helga Brown und Felipe führen. Und jetzt, nachdem auch er die ganze Wahrheit kannte, fühlte sich Sven erleichtert. Zumindest hatte er das Richtige getan und das, was ihm möglich war, um Claudia zu retten. Sofort wurde die Fahndung nach ihr eingeleitet und nach ihrer Mutter Ana. Ebenfalls forderte Carlos die Spurensicherung an, um Anas Haus nach möglichen Hinweisen zu durchsuchen. Doch derzeit tappte er noch im Dunkeln, und es fehlten wichtige Anhaltspunkte, um die beiden zu finden.

»Ich werde jetzt zur Wohnung von Felipes Großmutter fahren. Und du fährst nach Hause oder zu mir nach Hause. Wie du willst. Definitiv hältst du dich aus der Polizeiarbeit raus! Klar?« Carlos schaute Sven eindringlich an.

»Und was ist mit der Suche nach Jenny?«

»Wir kümmern uns um alles. Okay? Das musst du nun wirklich uns Profis überlassen. Wir finden sie. Ich verspreche es dir.«

»Du verstehst nicht. Ich kann nicht einfach so rumsitzen und Däumchen drehen. Hast du den Hund gesehen? Was ist, wenn der Scheißkerl das auch mit meiner Jenny macht?«

»Wir kümmern uns darum. Der Übergabeort wird überwacht. Uns entkommt keiner!«

Sven schmollte zwar, merkte aber, dass es keinen Sinn hatte, Carlos zu widersprechen. Er brauchte auch nicht seine Zustimmung, um weiterzusuchen. Nur wo sollte er anfangen? Es fehlte ihm jegliche Spur! Er schaute auf seine Uhr. Noch circa eine Stunde bis zur Geldübergabe. *Ich werde hierbleiben und mal beobachten, was sich so tut.*

Er schaute sich um und entdeckte neben dem Tierarzt eine *Panadería* mit integriertem Café. Eine Reihe Tische schloss an die Wand der Bäckerei an, die andere Reihe befand sich am Gehsteigrand. Ein schmaler Gang führte ins Innere der Bäckerei. *Ich setze mich an einen der äußeren Tische, dann habe ich den perfekten Blick auf den Spielplatz.* Er holte sich im Innenraum einen *Cortado Leche y Leche,* und als er im Glastresen die *Bocadillos* sah, merkte er, dass seine letzte Mahlzeit schon viele Stunden her war. Somit setzte er sich mit dem Kaffee und einem *Bocadillo* ins Freie, und auch während er aß, ließ er den Spielplatz nicht aus den Augen.

Schon Minuten später hatte er die Zivilpolizisten

ausgemacht. Das war ein Leichtes, da zwei erwachsene Männer, die sich ohne Kinder in der Nähe der Rutsche aufhielten, einfach verdächtig wirkten. Oder vielleicht waren das schon die Abholer des Geldes? Sven setzte sich aufrechter hin und blickte sich um. Vielleicht entdeckte er noch etwas Auffälliges.

Moment! Langsam drehte er seinen Oberkörper nach hinten und schaute sich im Außenbereich des Lokals um. Vielleicht war der Abholer des Geldes schon hier. Hinter Sven saß eine Familie. Mutter, Vater, Kind. Die konnten das unmöglich sein. Seine Augen suchten weiter, und er sah drei Tische weiter einen Mann, der in Blickrichtung zum Park saß und eine Zeitung las. Diese verdeckte sein Gesicht zur Gänze.

Was ist, wenn das der Täter ist und er den Übergabeort von dort überwacht?

Sven rückte seinen Stuhl ein Stück weg, sodass er parallel zum Tisch saß und den Mann besser beobachten konnte. Doch dieser hielt die Zeitung weiterhin in die Höhe und machte keinerlei Anstalten, sie wegzulegen. *Kann der Kerl an seiner Zeitung vorbeisehen? Vielleicht legte er sie deswegen nicht zur Seite? Wenn ich jetzt aufstehe und den Seiteneingang der Bäckerei benutze, dann kann ich den Mann sehen, und genauso, ob er den Eingang vom Parque multifuncional beobachtet oder nicht.*

Sofort setzte Sven seinen Gedanken in die Tat um und musste sich zusammenreißen, dass er nicht auf den Mann zustürmte, sondern nur langsam schlenderte. Neben dem Fremden angekommen warf er einen kurzen Seitenblick auf ihn. Doch der Mann las die rechte Seite des Zeitungsblattes. *Okay, verdächtig ist er noch immer,* dachte er sich und kehrte schlussendlich wieder zu seinem Platz zurück.

Wie ein Habicht auf Beutejagd beobachtete Sven den Übergabeort, konnte aber die restliche Zeit bis zur Übergabe keinerlei verdächtig wirkende Personen ausmachen. Zumindest war die Zeit schnell vergangen, und er sah Urs Gautier, der mit einem Plastikbeutel um die Ecke bog und in Richtung Park ging. Er wirkte gehetzt, denn er drehte sich mehrfach auf dem kurzen Weg um, als würde er verfolgt werden. Minuten später war der Beutel im Mülleimer verschwunden, und fluchtartig verließ Urs den Schauplatz.

Jetzt beginnt die heiße Phase, dachte Sven, die wildesten Fantasien spukten durch sein Hirn. Angefangen von einem Schusswechsel zwischen Beamten und Tätern bis hin zu einer wilden Verfolgungsjagd. Aber es tat sich nichts. Der Platz beim Mülleimer blieb menschenleer.

Doch da! Plötzlich tat sich etwas. Ein junger Mann näherte sich dem Mülleimer mit schnellen Schritten. Nach einem Augenblick hatte sich die Situation wieder

entspannt, denn er warf nur seine leere Coladose hinein.

Und wieder verstrichen Minuten! Minuten, in denen Sven den Müllkübel anstarrte. Ein Scharren von dem Stuhl hinter seinem Rücken erweckte seine Aufmerksamkeit. Der Mann, der die Zeitung gelesen hatte, war aufgestanden und hielt ein Handy ans Ohr. Die Zeitung hatte er unter seinen Arm geklemmt. Er verließ soeben die Bäckerei und ging in die entgegengesetzte Richtung vom Spielplatz.

Als Sven seinen Blick wieder nach vorne richtete, blockierte ein Lastkraftwagen die Sicht. Dieser stand doch tatsächlich direkt vor dem Eingang des Spielplatzes. Ob das Absicht war? Der Fahrer war nicht zu sehen. Zumindest saß er nicht mehr in der Kabine. Sofort sprang Sven auf und lief über den Parkplatz zum Eingang des Parkes, um weiterhin alles beobachten zu können. Der Fahrer räumte die Wasserbestellung für ein Wohnhaus auf eine Sackkarre. Die Situation beim Müllkübel hatte sich währenddessen nicht verändert. Auch die beiden Zivilpolizisten waren noch auf ihren Plätzen und unterhielten sich. Sven schaute auf seine Uhr. *Schon fast fünfundzwanzig Minuten über der Zeit, und es passiert nix. Das ist echt … Shitfuck!* Hatte der Täter die Beamten gesehen? Oder vielleicht ihn? Kam er deshalb nicht und holte seine Beute? War das das Todesurteil für Jenny, Onna und Lina?

40

Tag 3, nachmittags – Luis

»Abfahrt!«, sagte Luis und winkte den dreien zu, die ihn mit großen Augen anstarrten. Die Fahrt bis zum Übergabeort würde ungefähr eine Dreiviertelstunde dauern. Und dann wäre der letzte Teil der Arbeit schon erledigt. Hoffentlich lief das gut mit der Geldübergabe. Dann würde auch er seinen restlichen Lohn bekommen.

»Du kannst die drei doch nicht so ins Auto setzen! Wie stellst du dir das vor? Es ist helllichter Tag, und die werden auf sich aufmerksam machen!«

Luis überlegte kurz. Esteban hatte natürlich recht. Aber womit sollte er sie mundtot machen? Da fiel ihm ein, dass er im Schuppen, in dem er einen Teil der Nacht verbracht hatte, einige Seile gesehen hatte. Vielleicht gab es dort auch Klebebänder, alte Kleidung oder Ähnliches, womit man sie fesseln konnte.

»Du wartest hier kurz«, sagte er zu Esteban. Doch im nächsten Moment überlegte er es sich anders. Wer weiß, was in dieser Minute, in der er nicht da war, passieren würde? »Geh du lieber in den Schuppen und hol Seile oder Ähnliches. Es ist schließlich dein Grund und Boden!«

»Du kannst das holen gehen. *Mi casa es tu casa!*[23]«
Ein Grinsen zierte sein Gesicht. Allerdings sah es nicht
nach einem freundlichen Lächeln aus. Und als ob Esteban
Gedanken lesen könnte, fügte er hinzu: »Den dreien
passiert nichts.«

Luis war hin- und hergerissen. Einerseits hatte er
immer auf seinen langjährigen Freund zählen können.
Andererseits sah er ihn seit gestern mit anderen Augen.
Mit Widerwillen nickte er und verließ die Höhle. Fast
schon flog er auf den Schuppen zu, sammelte in
Windeseile Tücher, Klebebänder, die allerdings ihre besten
Jahre schon hinter sich hatten, und auch Seile und Stricke
zusammen. Mit den Utensilien in den Händen rannte er
zurück. Als er dort ankam, standen die drei an der
gleichen Stelle wie zuvor, und Esteban hatte es sich
wieder auf dem Beistelltisch gemütlich gemacht und
surfte mit seinem Telefon im Internet. Fast hätte Luis laut
seufzend ausgeatmet. Im letzten Moment konnte er es
noch verhindern, dass ihm dieser Laut über die Lippen
kam. »Hilfst du mir?«, sagte Luis und warf Esteban einige
Sachen zu.

»Klar doch. Wann bekomme ich mein Geld?« Esteban
schritt sofort auf das kleine Mädchen zu, doch Luis war
schneller.

»Sie zuerst«, sagte Luis und nickte in Richtung der

---

[23]   Mein Haus ist dein Haus.

Mutter.

Esteban blieb stehen. »Wann bekomme ich mein Geld?« Er betonte jede Silbe einzeln, und man hörte den grimmigen Unterton, der in seiner Stimme mitschwang.

»In spätestens zwei Stunden. Dann ist für dich alles erledigt.«

»Was machst du eigentlich mit der vorlauten Göre da? Hast du dir schon was überlegt? Willst du sie für dich behalten?« Esteban lachte laut auf.

Luis fand das weniger witzig. Darüber hatte er sich noch gar keine Gedanken gemacht. Wie auch immer. Sein Auftraggeber würde nicht erfreut sein, wenn da noch eine zusätzliche Person käme. Oder doch? Er schaute Jenny direkt in die Augen. Wenn Blicke töten könnten …

»Halt einfach dein Maul«, sagte er. »Das ist wohl meine Sorge.«

»Meine auch. Sie hat nicht nur dein Gesicht gesehen, sondern auch meins. Also einfach irgendwo aussetzen ist wohl nicht.«

»Welchen Teil von *du sollst einfach dein Maul halten* hast du nicht verstanden?«

Mittlerweile waren die zwei Frauen und das Mädchen an den Händen gefesselt und hatten Klebeband auf dem Mund. Allerdings hielt das nicht so gut wie geplant und löste sich bereits. Somit schritt Luis auf Jenny zu und band ihr einen der alten Lumpen aus der Hütte um den Kopf,

auch um die Augen. Sie wehrte sich dagegen, und nur mit Mühe und Not schaffte er es, den Knoten am Hinterkopf festzuzurren.

41

Wo werden sie uns nur hinbringen? Jennys Gedanken drehten sich nur um diese eine Frage. *Die werden mich doch nicht killen. Oder doch?*

Sie lag still und steif auf der Ladefläche. Jedes Schlagloch spürte sie wie einen Tritt in den Rücken. Die Straßen waren kurvig, und es ging anscheinend höher hinauf. Irgendwohin ins Inselinnere. Die ganze Zeit hatten die beiden Männer nicht miteinander gesprochen, doch auf einmal hörte sie die Stimme von Vollbart.

»Soll ich da nun stehen bleiben? Dann kannst du erledigen, was du zu erledigen hast!«

Ein lauter Seufzer folgte. »Ja, da ist die richtige Stelle. Der Wald ist hier dicht genug. Und weit und breit keine Menschenseele. Fahr hier rein!«

Jenny spürte, wie sie scharf nach links abbogen, denn sie wurde auf die rechte Seite des Autos gedrängt. Sie mussten sich auf einer unbefestigten Straße befinden, der Wagen hüpfte auf und ab.

Das Auto hielt an, und Jenny hörte plötzlich den Motor nicht mehr. Eine Tür wurde geöffnet und mit voller Wucht zugeschlagen. Dann ein Klicken und der kalte Windhauch,

der vermutlich durch die geöffnete Kofferraumtür in den Laderaum kam. Noch eine Autotür öffnete sich, schloss sich aber nicht.

Was passiert hier? Wo sind wir?, dachte sie, als sie die Stimmen hörte.

»Du bleibst hier und passt auf die beiden auf. Ich erledige das mit ihr.« Das war die Stimme vom Narbenmann, dem Netteren der beiden, obwohl nett hier wohl nicht mehr das war, wovon Jenny bisher überzeugt gewesen war. *Kann man sich in einem Menschen so täuschen? Oder vermittelt er nur den Anschein, ein netter Mensch zu sein, weil der andere ein abartiges Monster ist?* Jenny wusste es nicht und konnte auch keinen klaren Gedanken fassen. Jemand packte sie an den Füßen und gleich darauf an den Schultern und zog sie aus dem Wagen hinaus. Als sie festen Boden unter sich spürte, bekam sie sogleich einen Schubs und stolperte vorwärts.

»Los! Geh schon.« Allerdings war es kein leichtes Unterfangen, den Worten Folge zu leisten, denn schon einige Schritte später stolperte sie über ein Hindernis am Boden. Vielleicht eine Wurzel oder ein Ast oder was auch immer. Im letzten Moment, bevor sie auf dem Boden gelandet wäre, fing der Mann sie auf. Fest umklammerte er ihren Oberarm. »Ich habe vergessen, dass du nichts sehen kannst.«

Nach jedem Schritt, den Jenny machte, wuchs die

Angst in ihr. Wie wilde Tiere stürzten die Gedanken auf sie ein. Eines war sicher. Er würde allein aus dem Wald gehen, und sie würde hier elendig verrecken. Oder vielleicht ließ er Gnade walten, und ihr Todeskampf dauerte nur Sekunden.

Plötzlich blieb er stehen. Ihr Körper fing schlagartig an zu zittern. Der erste Gedanke hinterließ eine unglaubliche Leere in ihr. Sven, den sie mehr liebte als je einen Mann zuvor. Dann änderten sich die Bilder in ihrem Kopf, und die Gesichter ihrer Mama und ihrer Schwester tauchten vor ihr auf. Ganz klar und deutlich sah sie die beiden vor sich, mit einem Lächeln auf den Lippen. Mama flüsterte ihr zu: *»Es wird alles gut, meine Kleine.«*

Jenny hätte am liebsten losgebrüllt und gefragt, was genau gut werden sollte? Dass sie hier mitten in einem Wald war, mit einem Irren, der sie gleich umbringen würde? Dass sie als natürliches Düngemittel für Pflanzen und als Fressen für wilde Tiere enden würde? Was genau sollte gut werden?

Der Typ kam ganz nah an sie heran, und sie roch seinen Schweiß. Doch wie ein Blitz durchfuhr sie der Gedanke, dass er mit ihr noch ein wenig Spaß haben wollte, bevor er sie in die ewigen Jagdgründe verabschiedete.

Jenny, hör auf jetzt. Du steigerst dich da immer weiter rein.

Sie zuckte augenblicklich zurück, als er an ihren Fesseln

nestelte. »Jetzt halt doch endlich still! Es tut nicht weh. Versprochen!«

»Was tut nicht weh?«, fragte sie, doch durch den Knebel in ihrem Mund kamen nur gedämpfte Laute heraus, die nicht einmal sie selbst verstand.

»Einfach still sein, ja?« Er nahm das Seil von ihren Händen. *Was erwartet er jetzt von mir?* War das ein Spiel? Sollte sie zu flüchten versuchen, und er würde sie einfangen?

Sie hörte Schritte, die sich von ihr entfernten. Doch plötzlich hörte sie nichts mehr. Keinen Laut. War er fort? Stand sie allein mitten im Wald? Oder wartete er vergnügt darauf, dass sie sich bewegte? Am liebsten hätte sie in ihrer Verzweiflung zu weinen begonnen, doch auch das hätte ihr nichts genützt.

Denn schon hörte sie den Schuss. Sie schrie wie am Spieß, und ihr Herzschlag setzte aus, bevor sie in die Knie ging.

42

Tag 3, nachmittags/abends – Sven

Ich werde meine Jenny nie wiedersehen, dachte Sven, nachdem er zum gefühlt tausendsten Mal auf seine Uhr geschaut hatte. Knapp zwei Stunden waren vergangen, seit das Geld in den Mülleimer gelegt worden war. Und in dieser Zeit war hier nichts passiert. Rein gar nichts. *Ich dreh hier gleich am Rad! Das kann doch wohl nicht wahr sein. Wer fordert Lösegeld und holt es dann nicht ab? Das ist doch unlogisch. Außer … außer es ist etwas schief gegangen.* Verzweifelt schaute er in Richtung der beiden Zivilbeamten, die noch immer auf der Bank saßen und so taten, als würden sie sich miteinander unterhalten. Kein Wunder, dass niemand das Geld holen wollte. Das machte jeden stutzig, der die beiden eine Weile beobachtete. Der Spielplatz füllte sich langsam mit Müttern, die Kinderwagen vor sich herschoben. In der Ferne hörte Sven Kinder, die – zumindest den Worten nach, die sie sich gegenseitig zuriefen – Fußball spielten.

Plötzlich erhoben sich die beiden Männer und schlenderten in seine Richtung. Sie entsorgten ihre Kaffeebecher in dem Mülleimer, in dem auch das Geld lag. Erst jetzt erkannte Sven anhand des T-Shirts des einen,

dass es sich hierbei um einen Angestellten vom Supermarkt handelte. Vermutlich hatten er und sein Freund nur die Mittagspause miteinander verbracht, denn nun spazierten sie händchenhaltend weg.

In Sven baute sich ein unglaublicher Druck auf. Am liebsten hätte er einfach losgeschrien und wäre auf die beiden losgegangen. *Wenn wegen euch nun die Übergabe schiefgelaufen ist! Ich werde euch finden und töten!*, schrie er den beiden in seinen Gedanken hinterher.

Doch er hielt inne. Er musste sich schleunigst von hier entfernen, und zwar so unauffällig wie möglich. *Wie wäre es, wenn ich nur so tue, als hätte ich auf einen Bekannten gewartet?* Er blickte sich um, hob seine Hand zur Begrüßung in die Höhe und legte ein Lächeln auf seine Lippen. Mit schnellen Schritten bewegte er sich in eine Seitengasse hinein. *Hoffentlich hat das funktioniert, und der Täter glaubt, ich treffe mich nur mit jemandem.* Er sprach ein Stoßgebet, dass er es halbwegs glaubhaft rübergebracht hatte. Sofort lugte er um die Ecke, doch seine gute Sicht hatte er von dort verloren. Er sah nur den Eingang, aber den Mülleimer nicht mehr. *Hoffentlich haben die Zivilpolizisten bessere Sicht als ich.*

***

Nach weiteren vier Stunden, die er dort ausharrte, wurde der Einsatz abgebrochen. Das Geld wurde wieder an Urs Gautier ausgehändigt. Sven beobachtete die Übergabe

nur aus der Ferne. Die Sonne war bereits untergegangen, und die Straßenlaternen leuchteten hell, sodass er genug sehen konnte. Carlos' Auto fuhr soeben auf den Parkplatz. Er und Sarah schritten auf das Haus zu und verschwanden darin. *Was gäbe ich dafür, dass ich jetzt eine Maus wäre und das Gespräch mitverfolgen könnte?* Er überlegte, wie er sonst an Informationen herankommen konnte. Doch ihm fiel nichts ein. Vielleicht hatte sich auch der Entführer bei Urs Gautier gemeldet, und Sven wurde darüber nicht informiert. Doch das hielt er im nächsten Moment schon wieder für höchst unwahrscheinlich. Schließlich ging ihn diese Sache auch etwas an.

Er beschloss, nach Hause zu fahren. Er hatte dringend eine Dusche nötig und frische Kleidung. Keine zehn Minuten später öffnete er die Haustür, und sofort waren die Gedanken an Jenny wieder präsent. Allein die pinken Bilderrahmen mit den vielen Fotos, die im Flur hingen, erinnerten ihn an die guten Zeiten. An die vielen Gespräche, an ihr fröhliches Lachen.

»Sven! Bist du irre? Bei deinen Gedanken könnte man glauben, dass sie tot ist«, murmelte er vor sich hin.

»Stimmt«, antwortete er sich selbst. »Und ja, ich bin irre, weil ich soeben mit mir selbst spreche!«

Eine Dusche, irgendwas zu essen, und dann hören die Selbstgespräche hoffentlich wieder auf. Und danach werde ich zu Carlos und Sarah nach Hause fahren und mal

schauen, welche Informationen ich so herausbekomme.

Die heiße Dusche tat ihm gut, und er versuchte, all die Sorgen, die er im Moment hatte, von seinem Körper abzuwaschen und den Abfluss hinunterzuspülen.

Dass sein Handy läutete, hörte er nicht.

43

Tag 3, nachmittags/abends – Esteban

Esteban starrte das Mädchen an, das sich noch fester an den Körper seiner Mutter drückte. Die kleinen Beine waren nackt und hübsch anzusehen. Das Kleidchen war ein Stück nach oben gerutscht und gab auch oberhalb des Knies Einblicke frei.

Wie selbstverständlich ließ er seine Hand über ihr Bein gleiten. Die Kleine erstarrte sofort zu Stein. Nur diese Furie von Mutter begann glucksende Laute auszustoßen, die allerdings durch den Knebel in ihrem Mund gedämpft wurden. Wie wild bewegte sie ihren Körper und versuchte, mit ihren Füßen seine Hand wegzutreten. Er packte sie am Fußgelenk und zerrte an ihr. Doch das half nichts, und sie wehrte sich stärker gegen ihn. Somit ließ er von ihr ab und hob seine Prinzessin von der Ladefläche. Die Mutter wand sich nach allen Seiten und bäumte sich auf. Als er die Kofferraumtür zuschmiss, hörte er das Poltern ihrer Füße gegen die Wagentür.

»Na, meine Kleine. Was machen wir beide Schönes?«, fragte Esteban sie und strich ihr über die Haare. Langsam beugte er sich zu ihr hinunter und schnupperte an ihr. Er sog den Geruch, diesen unschuldigen Geruch, in sich ein,

und sofort verbreitete sich in seinem Körper eine gewisse Unruhe. Insbesondere in seiner Leistengegend.

Doch das Mädchen antwortete nicht. Esteban wusste, sie wollte das Gleiche wie er. Vereinigung. Sie schaute ihn mit ihren blauen Augen verführerisch an. So voller Zuneigung und Hingabe. Ihr ganzer Körper zitterte vor Vorfreude. So wie auch Estebans Hände, die sich nun zärtlich ihren Weg über den Oberkörper des Mädchens nach unten bahnten.

Plötzlich schrie sie, als sie den Schuss hörte, der ganz aus der Nähe kam. Mit schreckgeweiteten Augen blickte sie in den Wald hinein.

»Es ist doch alles gut, meine Kleine. Luis hat sich nur um ein Problem gekümmert. Und wir beide sollten uns ein wenig beeilen, bevor er wieder zurückkommt.«

Er beugte sich zu ihr hinab und gab ihr einen Kuss auf die Stirn. Wieder sog er den süßlichen Duft ein. Er schloss seine Augen, und mit allen Sinnen nahm er ihn in sich auf. Sein Glied pochte bereits vor Erregung, und auch sein Herzschlag verdoppelte sich. Seine Hände wanderten ihren Körper entlang. Die Prinzessin spannte alle Regionen an, die er berührte. *Ein einmaliges Erlebnis,* durchfuhr es sein Gehirn, und er genoss jede Sekunde.

Wie aus heiterem Himmel packte ihn jemand an seiner Schulter und riss ihn von seiner Traumfrau fort. Das Mädchen stieß einen kurzen Schrei aus, war aber sofort

wieder still. Dadurch, dass Esteban sie reflexartig losgelassen hatte, hatte sie nicht das Gleichgewicht verloren und stand stocksteif da. Ganz im Gegensatz zu Esteban. Dieser kam unsanft auf dem Boden auf, und Luis schrie ihn an: »Irre! Du bist einfach nur irre! Fass das Mädchen nicht an! Am liebsten würde ich dich auf der Stelle kaltmachen. Das ist einfach nur widerlich.«

Esteban schaute in den Lauf der Pistole, die Luis auf seinen Kopf gerichtet hatte. Er hielt die Waffe mit beiden Händen und starrte ihn an. Esteban hob seine Hand in die Höhe. »*Mi amigo*. Die Kleine war nur unruhig. Ich wollte sie nur beruhigen. Es ist alles anders, als es aussieht.«

Doch Luis sah nicht so aus, als würde er sich beruhigen wollen. Ganz im Gegenteil. Er kam noch einen Schritt näher auf ihn zu. Von oben herab zielte er auf den Punkt zwischen Estebans Augen.

»Wie lange hast du diese perversen Ideen schon? Hast du *hijo de puta*[24] schon mal einem Mädchen wehgetan?« Luis' Speichel benetzte Estebans Gesicht.

»Es ist doch alles anders. Sie wollte das doch auch.«

Millisekunden später lag Esteban am Boden, und Luis drückte ihm die Pistole auf die Stirn. Luis' Knie bohrte sich in seinen Oberkörper. »Was hast du da gerade gesagt? Wiederhole es!«

Doch Esteban schwieg und schloss seine Augen. Er

---

[24]   Hurensohn

wollte nicht sehen, wenn Luis abdrückte. Er konnte nicht. Erneut wiederholte Luis seine Worte und presste den Lauf fester auf seine Stirn, sodass ein Brennen durch Estebans Kopf zog. Doch noch immer schwieg er. Er hielt es für besser, nichts mehr zu sagen. Denn alles, was er sagen würde, wäre falsch. Zumindest in Luis' Augen. Esteban schnaufte schwer. Die Angst vor den nächsten Sekunden war so stark, dass es ihm den Brustkorb zusammenpresste und ihm die Luft zum Atmen nahm. Oder vielleicht war es nur das Knie, das den Druck auf seine Rippen verstärkt hatte.

»Ich dachte, wir wären Freunde«, sagte Luis und stand auf. Esteban hustete. Er sah zu ihm hoch. Doch Luis hatte ihm bereits den Rücken zugewandt und nahm das Mädchen an die Hand und führte es zurück zum Auto. Esteban rappelte sich auf. Luis öffnete die Tür des Laderaums, und Esteban hörte die gedämpften Laute der Mutter. Die Kleine krabbelte sofort hinein. Luis zückte sein Telefon.

»Du nimmst mir nicht meine Traumfrau!«, brüllte Esteban und stürmte auf Luis zu.

44

Tag 3, abends – Sven

Sven kam aus dem Badezimmer, bekleidet mit einem Handtuch. Seine Haare waren noch feucht, und er hinterließ nasse Fußabdrücke auf dem Fliesenboden, als er in die Küche schlurfte. Dort inspizierte er den Inhalt des Kühlschrankes und stellte fest, dass es heute vermutlich Tiefkühlpizza geben würde. Denn für sich allein eine Mahlzeit zuzubereiten, war ihm schlicht zu anstrengend. Einfach nur erhitzen, anstatt zu kochen. Er wollte nur schnell einen Happen herunterwürgen und dann ab zu Carlos und Sarah.

Gesagt, getan. Minuten später war die Pizza bereits im Ofen, und er holte sich frische Kleidung aus dem Schrank im Schlafzimmer. Auf dem Weg zurück in die Küche sah er den roten Punkt auf seinem Handy leuchten. Schnell blickte er auf das Display, und schon im nächsten Moment verzog er sein Gesicht.

›Ein Anruf in Abwesenheit von Urs Gautier.‹

Noch während er die Rückruftaste betätigte, seufzte er. »Was will der denn schon wieder von mir?«

»Ja? Sie müssen herkommen. Ich bin überfallen worden!«, schluchzte Urs in den Hörer.

Sofort hatte er Svens volle Aufmerksamkeit. »Wann ist das passiert? Haben Sie die Polizei schon informiert?«

»Nein, keine Polizei! Bitte. Keine Polizei. Wer weiß, was die mit meiner Tochter anstellen!«

»Sind Sie verletzt?«

»Ich habe einen Schlag auf den Kopf bekommen. Mir geht es so weit gut.«

»Ich komme, so schnell ich kann, ja?« Mit diesen Worten beendete Sven das Gespräch, zog sich in Windeseile an und schnappte sich seine Autoschlüssel. Gerade als er zur Tür hinauswollte, überkam ihn der Pizzageruch. Er wendete, ging zurück in die Küche und stellte den Ofen ab. »Das ist ja gerade noch mal gut gegangen!«

Beim Auto angekommen wählte er Carlos' Nummer. Mittels Freisprecheinrichtung konnte er mit ihm während der Fahrt sprechen. Auch wenn Urs Gautier es nicht wollte, er würde ihn darüber informieren.

»¿*Digame?*«

»*Hola* Carlos. Soeben hat mich *Señor* Gautier angerufen. Er gibt an, überfallen worden zu sein. Ich fahre zu ihm hin und schau mal nach dem Rechten.«

»Und warum ruft er bei dir an? Das verstehe ich nicht. Aber ich schicke einen Einsatzwagen vorbei. Du hältst dich da raus. Klar?«

»Er will keine Polizei. Verstehst du das nicht?«

»Es ist ein Verbrechen. Somit ist die Polizei dafür zuständig.«

»Warum ist die Übergabe schiefgelaufen? Warum habt ihr das versaut?«

»Das kann ich dir nicht sagen. Es lief alles nach Plan. Warum der Täter nicht am Übergabeort aufgetaucht ist, weiß ich noch nicht. Von unserer Seite ist alles okay gewesen.«

Sven stöhnte ins Telefon. »Okay? Okay wäre es gewesen, wenn ich endlich wieder meine Jenny bei mir hätte.«

»Wir finden Jenny schon. Es wird sicher einen neuen Übergabeort geben.«

»Ich muss Schluss machen. Ich bin beim Parkplatz.« Noch während Carlos Widerworte einlegte, beendete Sven das Gespräch.

Er rannte zum Haus, durch das Gartentor und die geöffnete Haustür hindurch, und betrat den Innenraum.

»Ich bin es!«, sagte Sven und schaute sich um.

»Ich bin hier«, ertönte die Stimme von Urs Gautier aus dem Wohnzimmer, am Ende des Flures. Sven betrat den Raum und sah ihn mit einem Eisbeutel, den er sich an den Kopf hielt, auf dem Sofa sitzen.

»Erzählen Sie. Was ist passiert? Was wollte der Einbrecher hier?«

»Dieser Inspektor und seine Frau waren gerade

gegangen. Da läutete es an der Tür. Ich dachte, die beiden haben etwas vergessen, und öffnete, ohne durch den Türspion zu schauen. Da stand ein Typ mit einem Pizzakarton in der Hand. So schnell konnte ich gar nicht schauen, da hat er mir dieses Teil über den Kopf gezogen. Vermutlich war da etwas Schweres drin, denn ich sackte in mich zusammen. Als ich wieder zu mir kam, kramte der Typ bereits in meinen Sachen, und schon Sekunden später war er mit dem Plastiksack, in dem das Geld für die Übergabe drin war, auf und davon. Ich habe nachgesehen. Sonst fehlt nichts. Nur das Geld. Oh Mann.« Urs vergrub sein Gesicht in die Hände. »Ich werde meine Lady nie mehr wiedersehen.«

Jetzt verstand Sven kein Wort mehr. Stunden zuvor hatte er den Hund auf einem Kissen aufgebahrt. Natürlich würde er sie nie mehr wiedersehen. Sie war schließlich tot. Der Schlag schien ihn doch härter getroffen zu haben, als es auf den ersten Blick den Anschein machte.

»Lady ist tot. Das wissen Sie doch, Herr Gautier. Jetzt gilt es, Ihre Frau und Ihre Tochter zu finden. Und natürlich meine Jenny.«

»Nein, dieser Hund war nicht meine Lady. Das sollte ich nur denken. Das war eine Warnung.«

»Aha.« Sven fiel im ersten Moment keine Antwort ein. Es klingelte an der Tür, und Urs sprang mit einem Satz auf. Dabei verzog er schmerzverzerrt sein Gesicht.

Kurz darauf standen zwei Polizisten im Raum und stellten ihre Fragen. Allerdings wurde Sven von den beiden völlig ignoriert, was ihm seltsam vorkam, doch prompt bekam er dafür eine Erklärung. Carlos betrat den Raum und funkelte ihn böse an, als er ihn zur Seite nahm. »Du solltest nicht herkommen, hab ich dir gesagt. Das ist eine polizeiliche Anordnung. Ich bin nach deinem Anruf auf dem schnellsten Weg wieder zurückgekommen.«

»Ich will wissen, was mit meiner Jenny ist.« Sven hielt Carlos' strengem Blick stand.

»Das ist mir klar. Können wir später darüber reden?«

Sven verschränkte seine Arme. »Nein!«

Carlos packte ihn am Oberarm und zog ihn aus dem Haus. »Bitte, Sven. Warte einfach hier. Wir fahren dann zu mir nach Hause und überlegen uns was.«

»Was willst du dir überlegen? Was soll das bringen? Rumsitzen und nachdenken bringt Jenny nicht zurück. Es ist bereits dunkel.«

In diesem Moment läutete Svens Telefon. Eine ihm unbekannte Nummer erschien auf dem Display. Widerwillig nahm er das Gespräch entgegen.

45

Tag 3, abends – Luis

Luis sah gerade noch rechtzeitig, dass Esteban auf ihn zustürmte. Unsanft kam das Mädchen im Laderaum auf, als Luis sie losließ, um Estebans Faust, die mitten auf sein Gesicht zielte, auszuweichen. Mit voller Wucht schlug sie am Türrahmen auf. Ein Knirschen war zu hören, gleich darauf ein Schmerzensschrei.

»Geschieht dir recht«, sagte Luis. »Gib die Autoschlüssel her, du Idiot! Und setz deinen perversen Arsch auf den Beifahrersitz.«

Esteban krümmte sich vor Schmerzen und hielt seine Hand fest. Doch er folgte gehorsam. Luis atmete tief durch, bevor auch er in den Wagen einstieg und schlussendlich losfuhr.

Einige Minuten herrschte eisige Stille, doch dann ergriff Esteban das Wort. »Warum hast du mich nicht umgebracht?«

»Ich habe heute schon einen Menschen getötet. Das muss reichen.« Luis lief es kalt den Rücken hinunter, als er die Worte laut aussprach.

»Ich muss in ein Krankenhaus. Meine Hand ist sicher gebrochen.«

»Hör auf zu jammern. Zuerst müssen wir unseren Auftrag zu Ende bringen, und dann kannst du fahren, wo auch immer du hinwillst. Das ist mir völlig egal. Wir werden zukünftig getrennte Wege gehen. Nur damit das klar ist.« Luis versuchte, die notwendige Ruhe in seine Worte zu legen. Esteban durfte nicht mitbekommen, welche Angst er in ihm auslöste.

»Aber … wir kennen uns seit Kindheitstagen. Willst du wegen so einem … Missverständnis nun alles einfach hinschmeißen?«

Luis dachte im ersten Moment, dass er wohl nicht richtig gehört hatte. *Missverständnis nennt er das!*

»Du fasst kleine Mädchen an. Das ist kein Missverständnis. Das ist krank. Und damit will ich nichts zu tun haben.«

Esteban erwiderte nichts darauf, sondern starrte aus dem Seitenfenster. Luis hoffte, dass er nichts Unüberlegtes machte, was alle in diesem Auto gefährden würde. *Ich muss das jetzt abbrechen!*

Luis bog in eine Seitenstraße ein. Von hier aus wäre es zu Fuß nicht weit zum Treffpunkt. Das versprochene Geld würde er ihm später vorbeibringen. Luis stellte den Motor ab.

»Was tun wir hier, mitten im Nirgendwo? Wo sind wir?«

»In der Nähe von Juncalillo. Ich denke, ich werde hier

mit der Frau und dem Mädchen aussteigen. Du fährst in die Klinik und lässt dir deine Hand versorgen. Dann komme ich später zu dir und bring dir das Geld.«

»Nein, ganz sicher nicht. Du willst mich nur übers Ohr hauen. Das ist alles. Wenn ich jetzt wegfahre, sehe ich mein Geld nie. Nicht nur, dass mich dieses kleine Miststück getreten hat und ich mir zum Schluss auch noch meine Hand gebrochen habe, nein, auch mein bester Freund glaubt mir nicht.«

Luis überlegte kurz. Er musste seine Worte gut wählen. Auf keinen Fall wollte er die Übergabe der beiden gefährden. »Nein, so ist das nicht. Ich habe überreagiert. Es tut mir leid. Auch das mit deiner Hand tut mir leid. Ich verspreche dir, ich komme später zu dir. Ruf mich an, wenn du aus dem Krankenhaus zurück bist. Okay?«

»Und wie willst du ohne mich wieder zurück in den Süden kommen?«

Luis stutzte einen Moment. Daran hatte er noch gar nicht gedacht, somit musste er sich schnell eine Lösung einfallen lassen. »Ich werde gebracht. Das ist kein Problem. Mach dir um mich keine Sorgen, ja? Bis später dann. Und pass auf dich auf.«

Luis stieg aus dem Wagen aus und zog noch sicherheitshalber den Schlüssel ab.

Auch Esteban verließ das Auto und trat an den Laderaum heran, den Luis bereits geöffnet hatte. Als

Erstes holten sie die Frau heraus, was kein einfaches Unterfangen war, denn das Mädchen hatte sich fest an ihren Körper gepresst.

»Komm jetzt. Beweg dich.« Luis' Nerven waren zum Zerreißen gespannt. Es musste schneller vorwärtsgehen. Nicht dass Esteban wieder Probleme bereitete. Luis zerrte an der Frau, die schließlich mithalf, aus dem Auto zu kommen. Noch während Luis und die Frau beschäftigt waren, hob Esteban das Mädchen aus dem Auto. Die Mutter gab glucksende Geräusche von sich und versuchte, von ihm loszukommen, doch Luis hob drohend seine Hand. »Hör auf! Ansonsten heb ich das Mädchen zurück auf die Ladefläche, und du siehst sie nie wieder.«

Die Töne verstummten, nur der anklagende Blick blieb, der ihn wie eine Pistolenkugel traf. Luis bekam am ganzen Körper eine Gänsehaut, als er Estebans Hände auf dem Mädchen sah. Er hielt sie zwar an ihren Oberarmen fest. Aber allein, wie er sie ansah. Das war schlimmer als Hannibal Lecter in *Das Schweigen der Lämmer,* der die FBI-Agentenanwärterin Starling lüstern durch die Glasscheibe anstarrte.

»Kommt, wir gehen jetzt«, sagte Luis und zog sowohl die Frau als auch das Mädchen zu sich. Nur widerwillig nahm Esteban seine Hände von ihr. Luis überreichte ihm die Autoschlüssel.

»Gut, bis später dann«, murmelte Esteban und stieg in

den Wagen. Luis blieb stehen und schaute den Rücklichtern zu, wie sie sich von ihnen entfernten. Als er sie nicht mehr sah, hätte er am liebsten vor Freude gejubelt.

46

Tag 3, abends – Sven

»Du musst mich holen kommen.« Das waren die einzigen Worte, die Sven verstehen konnte.

»Jenny, mein Schatz! Wo bist du?«, sagte Sven, und sein Herz hüpfte höher. Er vernahm ein Rascheln in der Leitung, und eine tiefe Männerstimme erklang. Allerdings auf Spanisch. Da der Mann so schnell sprach, verstand Sven nicht mal die Hälfte davon, was er sagte. Somit überreichte er das Telefon an Carlos, der neben ihm stand.

Dieser wechselte einige Worte mit dem Mann und legte auf.

»Was ist? Wo ist sie?«, sagte Sven, kramte in seiner Hosentasche nach seinen Autoschlüsseln und schaute dann Carlos erwartungsvoll an.

»Lass mal. Ich informiere die Kollegen. Sie sollen Jenny dort abholen. Das geht am schnellsten.«

»Aber … aber … wie geht es ihr?«

»Außer ein paar Blessuren an Händen und Füßen scheint ihr nichts zu fehlen. Zur Sicherheit werden wir sie ins Krankenhaus bringen.«

»Ich fahre sie ins Krankenhaus. Bitte. Lass mich zu

meiner Jenny.«

»Ja, beruhige dich erst mal. Sie ist in Sicherheit. Der Mann hat mir erzählt, dass sie auf einmal vor seiner Tür stand und um Hilfe gebeten hat. Er wohnt in Tejeda. Lass mich mal die Kollegen vor Ort informieren.«

»Ich hole sie dort ab.« Sven machte einen Schritt nach vorne, aber Carlos stellte sich ihm in den Weg.

»Sven. Sei vernünftig. Du brauchst von hier mindestens eine Stunde, wenn nicht noch länger. Die Kollegen holen sie dort ab. Bald kannst du sie wieder in deine Arme schließen. Bitte, bleib einfach hier und lass mich meine Arbeit machen.«

Sven atmete tief durch. *Sie wurde gefunden! Lebend!*

Carlos telefonierte gerade, vermutlich mit der Dienststelle in Tejeda, als Urs Gautier aus seinem Haus gestürmt kam. »Haben Sie meine Lady gefunden?«

Sven schaute zu Carlos, dieser schüttelte aber den Kopf. Sven konnte nicht verstehen, dass Urs noch immer glaubte, dass sein Hund am Leben war. Und noch weniger, dass er nur um das Leben seines Köters bangte.

»Jenny hat gerade angerufen. Sie ist in Tejeda. Allerdings wissen wir sonst noch nichts. Wir müssen warten, bis die Polizei vor Ort ist.«

»Ja, aber sie muss doch etwas gesagt haben.« Ganz nah kam Urs zu Sven, packte ihn an seinen Schultern und schüttelte ihn. »Irgendwas muss sie gesagt haben.«

Carlos drängte sich zwischen die beiden und entfernte die Hände von Svens Schultern. »*Señor* Gautier. Wir wissen noch nichts. Sobald wir mehr Infos haben, geben wir Ihnen Bescheid.«

***

Es dauerte knapp drei Stunden, bis sich Sven und Jenny in den Armen lagen. Bis auf wenige Schrammen und blaue Flecken, die sie sich bei dem Fluchtversuch zugezogen hatte, hatte Jenny keine weiteren äußerlichen Verletzungen, und auch psychisch ging es ihr relativ gut. Carlos hatte Sven überredet, mit zu ihm nach Hause zu kommen. Und dort war er im Zimmer auf und ab gegangen, und wenn es noch eine Stunde länger gedauert hätte, wäre im Boden vermutlich die Spur wie ein Trampelpfad zu sehen gewesen.

»Hallo Jenny. Schön, dich zu sehen!«, sagte nun auch Carlos, nachdem sich Jenny und Sven voneinander gelöst hatten.

»Das ist eine irre Geschichte, die ich euch zu erzählen habe«, sagte Jenny. »Aber eines verstehe ich nicht. Der Beamte, der mich bei dem netten alten Mann abgeholt hat, sagte, dass ich nach dem Arztbesuch auf die Polizeiwache muss. Aber ich wurde hierhergebracht.«

»Ich habe das veranlasst«, sagte Carlos. »Ich dachte mir, du fühlst dich hier sicher wohler als auf dem Revier. Wir können in mein Büro gehen. Dort habe ich auch

schon alles vorbereitet. Schließlich muss ich deine Aussage schnellstmöglich aufnehmen, um auch *Señora* Gautier und ihre Tochter Lina zu finden.«

»Natürlich. Ich erzähle alles. Nur ich habe keine Ahnung, wo man die beiden hingebracht hat.«

Jenny erzählte eine knappe Stunde die Geschichte mit der Entführung und dem versuchten Ausbruch aus der Höhle. Natürlich erwähnte sie auch den sexuellen Übergriff von Vollbart auf das Mädchen.

»Und dann hat der Mann mich in den Wald geführt. Ich dachte echt, jetzt bin ich tot. Schon allein, weil die beiden Männer sich ja bereits darüber unterhalten hatten. Dann löste der Narbenmann mir meine Fesseln, und kurz darauf hörte ich einen Schuss. Ich habe meine Augen ganz fest zusammengekniffen und wartete auf den Schmerz. Aber da kam nichts. Ich erschrak fürchterlich, als der Mann zu mir sagte: ›*Du musst der Straße vier Kilometer folgen. Du musst den Weg nach oben nehmen. Hast du mich verstanden? Der Weg nach unten ist um vieles länger, bis du dort jemanden erreichst.*‹ Ich war im ersten Moment wie erstarrt und wusste nicht, wie mir geschah. Ich meine, versteht ihr? Er lässt mich laufen, obwohl ich sein Gesicht gesehen habe. Ich verstehe nicht, wieso? Das ist mir schon die ganze Zeit durch den Kopf gegangen, und ich finde keine Antwort darauf. Ich weiß nicht, warum er mich am Leben gelassen hat.«

»Ich bin so froh, dass ich dich wiederhabe«, sagte Sven. »Und über das *Warum* mache ich mir keine Gedanken. Die Schei… die Typen werden wir schon finden, die dir das angetan haben.«

»Das ist es ja. Er hat mir nichts angetan. Er hat auch das Mädchen beschützt. Verstehst du? Er ist einer von den Guten. Oder wie man das auch immer in dieser Situation sagen kann.«

»Jetzt mal langsam«, sagte Carlos und legte seinen Stift zur Seite. »Ein Entführer kann schon mal kein guter Mensch sein. Und du hast ja erzählt, dass er die *Ware* abgeben muss. Also das klingt für mich nach Menschenhandel, findest du nicht?«

»Aber wieso dann die Lösegeldforderung? Das verstehe ich nicht.« Sven kratzte sich nachdenklich am Kinn.

Nun ergriff auch Sarah das Wort, die bisher nur still zugehört hatte. »Vielleicht war das nur als Ablenkungsmanöver gedacht. Deswegen auch die geplatzte Übergabe.«

»Das erklärt aber nicht den Überfall auf *Señor* Gautier. Das passt alles nicht zusammen. Irgendwas übersehen wir.« Carlos stand auf und ging Richtung Tür, als er sich nochmals umdrehte und in die Runde fragte: »Will noch jemand einen Kaffee? Ich brauch jetzt einen.«

Heute, nachts – Antonia

Antonia horchte aufmerksam in die Stille hinein. Es kam ihr vor, als hätte sie ihn bereits seit Minuten nicht mehr gehört. War er fortgegangen? Aber warum hatte sie seine Schritte nicht wahrgenommen? Doch da war es wieder. Das Schnaufen, das mit einem leisen Fiepsen endete. Und es war so nah, dass sie glaubte, seinen Atem in ihrem Nacken spüren zu können.

Sollte sie es wirklich wagen? Es waren nur drei Schritte. Doch was wäre, wenn …?

Ihr Herz polterte wie wild in ihrem Brustkorb und würde sogleich herausspringen, wenn sie sich nicht beruhigte. Sie musste sich eisern konzentrieren, dass ihre Atmung weiter unhörbar blieb, und atmete nur durch die Nase. Obwohl sich dadurch der Druck in ihrem Körper verstärkte. Sie musste etwas unternehmen, ob sie wollte oder nicht.

Wieder ein Schritt! »Komm zu Papa! Du kannst dich nicht vor mir verstecken. Ich finde dich.«

Sie zählte im Geiste die Zahlen wie einen Countdown herunter. Drei … zwei … ei… Da wurde sie blitzartig gepackt und mit voller Wucht gegen den Baumstamm

gedrückt. Er presste ihr die Kehle zu, sodass sie keine Luft mehr bekam. Und er war ihr wieder so nah. So nah wie damals … so nah, wie es schon zu oft passiert war … so nah, wie sie ihn nie wieder spüren wollte.

»Du gehörst mir. Verstanden? Du bist mein Besitz und hast zu tun, was ich dir sage!«

Antonia schlug auf ihn ein, doch er ließ nicht locker. Ganz im Gegenteil. Er drückte noch fester zu und versuchte, ihre Luftröhre zu zerquetschen wie eine Zitrone.

Sie sah bereits Sterne vor ihren Augen aufflackern, doch da hörte sie eine Stimme. Ganz weit weg, denn ein lautes Surren drang in ihren Gehörgang. »Lass sie los, du Scheißkerl!« Der Engel. Der Engel war wieder da und würde sie retten und endlich die Ketten sprengen, die er ihr angelegt hatte.

Seine Hand verschwand von ihrem Hals, und sie hustete und rang nach Luft. Das Handgemenge, das nur einen Schritt von ihr entfernt stattfand, bekam sie nur beiläufig mit. Sie war noch nicht ganz bei Sinnen, da hörte sie einen Schrei. Doch es war der Engel, der schrie. Er brach in sich zusammen, wie es Miguel vor Minuten getan hatte. Und kurz darauf spürte sie das Messer, das das Monster in ihren Bauch rammte. Ein schmatzendes Geräusch entstand, als er es wieder aus ihrem Körper herauszog. *Jetzt ist es so weit,* dachte sie sich und streckte

191

ihre Hände in das gleißende Licht, das vor ihrem inneren Auge entstand. Die Rufe ihrer Kinder aus weiter Ferne ließen ihr die Tränen an den Wangen hinablaufen, und die Sehnsucht nach den beiden war so groß. Doch gab es einen Menschen, den sie lange nicht mehr wiedersehen würde.

»Felipe, mein Sohn, ich liebe dich«, flüsterte sie, rutschte an dem Baumstamm herunter und blieb regungslos am Boden liegen. Die Schritte, die sich von ihr entfernten, hörte sie bereits nicht mehr.

Tag 3, nachts – Jenny

Jenny trank einen Schluck aus ihrer Tasse. Sarah hatte den Raum verlassen und war zu Raúl ins Zimmer gegangen, um nach ihm zu sehen.

»Wo hatte Urs Gautier das Geld her für die Übergabe?«, fragte Jenny.

»Aus dem Tresor in seiner Firma, wieso?«, antwortete Carlos.

»Ich glaube, der Überfall auf ihn war geplant. Jemand hat nur auf diesen Moment gewartet, bis er das Geld wieder in seinem Haus hatte. Und bis die Polizei verschwunden war. Vollbart sagte, dass er Geld bekomme für seine Dienste. Und es sah auch nicht so aus, als ob sie Onna und die Kleine freilassen wollten. Mal so eine Frage: Gibt es noch andere Fälle, die ähnlich aufgebaut sind wie dieser? Also mit Entführung und Lösegeld, aber die Frauen wurden nicht mehr freigelassen?«

»Das hab ich mir auch schon gedacht. Und überprüfen lassen. Aber es ist kein Fall bekannt, der auch nur ansatzweise ähnlich ist. Dass Frauen verschwinden, ja, aber keiner der Ehemänner hat eine Lösegeldforderung bekommen.«

»Vielleicht weißt du das nur nicht.«

»Aber wieso sollte man so etwas geheim halten? Das ist doch mehr als unlogisch.« Sven schaute Jenny direkt in die Augen.

Carlos' Handy klingelte. Er erhob sich, verließ den Raum und lehnte die Bürotür an. Nur eine Sekunde lang schauten sich Jenny und Sven an, dann erhoben sich beide und lauschten an der Tür. Carlos stand nur ein paar Schritte entfernt, somit konnten sie ihn gut verstehen.

»Das ist natürlich nicht gut … verstehe … Ein Notruf? … Ja, das passt. Gebt Bescheid, wenn ihr etwas Genaueres wisst.« Bei den letzten Worten öffnete er die Tür. Sven und Jenny hatten es nicht rechtzeitig geschafft, auf ihre Plätze zu kommen, und standen wie beim Spiel *Kaiser, wie weit darf ich reisen?* erstarrt da. Carlos lachte laut. »Ihr habt gelauscht!«

»Ja, was gibt es Neues?«, fragte Sven und schmunzelte.

»Nichts, was diesen Fall betrifft. Also, soweit ich das zum jetzigen Zeitpunkt sagen kann.«

»Es gab einen Notruf?« Jenny zog ihre Augenbraue in die Höhe.

»Ja. Aber wie gesagt, ich kann dazu nichts Näheres sagen.«

»Komm schon, mach es doch nicht so spannend.«

»Ich glaube, ihr zwei geht jetzt besser. Das ist Polizeiarbeit und nichts für euch Schnüffler. Jenny, wenn

ich noch Fragen an dich habe, dann melde ich mich, ja?«

Jenny nickte, und gemeinsam mit Sven verließ sie das Haus. »Ich bin so froh«, flüsterte er ihr zu, strich zärtlich über ihre Wange und küsste sie leidenschaftlich. Sein Handy vibrierte in seiner Hosentasche. »Verf… Schmetterlingsirgendwas. Himmel, Arsch und Zwirn! Wer ruft um diese Zeit hier an?«

›*Helga Brown*‹ stand auf dem Display.

»Wieder diese schrullige Alte. Die nervt schon ein wenig«, sagte Sven, und Jenny boxte ihm leicht in die Rippen.

»Hör auf, so grausig zu sprechen.«

Sven stellte auf Lautsprecher, als er das Gespräch entgegennahm, damit Jenny mithören konnte.

»Bitte, Frau Brown? Was ist passiert, dass Sie mich um diese Zeit anrufen?«

»Felipe ist verschwunden. Vor nicht mal fünf Minuten. Er hat eilig seine Sachen zusammengepackt und ist zur Tür raus.«

»Hat er etwas gesagt, wo er hinwill?«

»Dass er jetzt weiß, wo seine Mutter ist und er sie beschützen wird.«

»Frau Brown! Wohin wollte er? Und vor allem, wie kommt er dorthin? Er ist erst fünfzehn und hat keinen fahrbaren Untersatz.«

»Ich weiß es nicht. Ich weiß es doch wirklich nicht!«

Helga Brown schluchzte am anderen Ende der Leitung.

»Gut, Sie bleiben in Ihrer Wohnung. Wir kommen zu Ihnen und suchen ihn in der Gegend. Ich hoffe, wir finden ihn.« Sven beendete das Gespräch und wählte sofort Carlos' Nummer.

»*¿Digame?*«

»Carlos, mich hat soeben Frau Brown informiert, dass Felipe vor fünf Minuten aus der Wohnung abgehauen ist. Er weiß anscheinend, wo seine Mutter ist. Wir müssen ihn finden, damit er uns zu ihr führt.«

»*Vale.* Ich lasse eine Streife nach ihm suchen. Und ihr beide fahrt endlich nach Hause. Das geht euch nichts an.«

»Ja, natürlich«, sagte Sven und seufzte. »Ich hab schon verstanden.« Im Hörer knackste es. Carlos hatte aufgelegt. »Das glaubt er wohl selber nicht.« Sven starrte auf das Handy in seiner Hand. Der Bildschirm war bereits abgedunkelt.

»Also«, sagte Jenny und verschränkte ihre Arme vor der Brust. »Wer ist Felipe? Von welcher Mutter reden wir? Und was ist überhaupt los?«

»Felipe ist der Junge, der mich niedergeschlagen hat

»Du wurdest niedergeschlagen? Das ist ja furchtbar. Warum?«

»Diese Fragen kann ich dir alle nicht so einfach beantworten. Das ist auch nicht wichtig. Wir müssen

Felipe finden. Wenn die Polizei ihn vor uns findet, bringen sie ihn zuerst auf die Wache. Dann ist seine Mutter vielleicht schon tot.« Sven startete das Auto, fuhr aus der Einfahrt und bog die nächste Straße rechts ab.

»Sven. Carlos hat gesagt, wir sollen uns raushalten. Also würde ich das auch gerne befolgen.«

»Jenny. Verstehst du nicht, es geht um Leben und …«

Ein silberner VW kam den beiden mit rasanter Geschwindigkeit entgegen. Auf der Motorhaube sah Sven eine Sonne, die ihm entgegenlachte. Der rechte Seitenspiegel baumelte herunter. Vermutlich war Helga Brown, die anscheinend hinterm Steuer des Autos saß, in ihrer Panik irgendwo gegen gefahren.

»Da ist er!«, sagte Sven, trat auf die Bremse, riss das Lenkrad herum, sodass er auf die andere Straßenseite kam, und trat wieder aufs Gas. Jenny schrie bei diesem Manöver kurz auf und hielt sich krampfhaft am Haltegriff fest.

»Bist du irre?«, schrie sie, doch Sven reagierte nicht auf ihre Worte.

»Da sitzen zwei Leute drin! Versuch doch mal, bei Helga Brown anzurufen.«

Jenny griff nach Svens Telefon, wählte, doch auch nach zig Versuchen hob keiner ab. Mittlerweile waren sie auf der Bundesstraße, die ins Inselinnere führte, unterwegs.

»Ich sag Carlos Bescheid!«, sagte Jenny und tippte die

197

Nummer ins Telefon, doch Sven riss es ihr aus der Hand.

»Nein, bis der da ist, könnte alles zu spät sein.«

»Wir wissen ja noch nicht mal, wo *da* überhaupt ist. Und was uns dort erwartet! Wir brauchen Hilfe. Verstehst du das nicht?«

Es sah einen Moment lang so aus, als würde Sven sich ihre Worte noch einmal durch den Kopf gehen lassen. Schweigend reichte er ihr das Telefon. Sofort rief sie bei Carlos an.

»Sven? Was willst du denn noch?« Carlos stöhnte ins Telefon.

»Ich bin es. Jenny. Wir verfolgen auf der GC 60 den Wagen von Helga Brown. Wir sind jetzt auf Höhe Fataga. Es sind zwei Leute im Wagen.«

»Ihr macht was?«, brüllte Carlos ins Telefon, beruhigte sich aber relativ schnell wieder. »Ich veranlasse eine Straßensperrung und schick euch Einsatzkräfte entgegen. Und ihr … ihr … ach, ihr hört ja sowieso nicht auf mich. Ich mach mich auf den Weg zu euch.« Er legte auf.

»Er war sauer, stimmt's?«, fragte Sven, und Jenny musste sich wieder festhalten, da er die Linkskurve rasant nahm.

»Ja, kann man so sagen. So, und nun kannst du mir ja erzählen, was hier eigentlich los ist.«

»Felipe ist derjenige, der Frau Brown Angst gemacht hat. Allerdings hat sich das alles ein wenig anders

herausgestellt, als es den Anschein hatte. Felipe lebt bei seiner Oma Ana. Sie ist aber seit zwei Tagen unauffindbar, und die Wohnung wurde verwüstet. Seine Oma und Frau Brown sind schon seit Längerem befreundet, und seine Oma sagte, wenn etwas mit ihr passieren würde, dann müsste er sich an Frau Brown wenden. Verstehst du?«

»Alles gut und schön. Aber das erklärt nicht diese Verfolgungsjagd.«

»Felipes Mutter ist vor neun Jahren vor ihrem Mann geflohen. Der soll Felipes Schwester, die noch ein Baby war, umgebracht haben. Felipe war zu diesem Zeitpunkt sechs Jahre alt und zu Besuch bei seiner Oma. Und vor einer Woche hat er einen Zettel mit einer Adresse gefunden, und er glaubte, dass diese Adresse ihn zu seiner Mutter führt. Aber dieser Zettel ist verschwunden. Ach, das ist alles zu kompliziert, um es dir in wenigen Worten zu erklären. Auf alle Fälle ist die Mutter und vermutlich auch die Oma von Felipe in Gefahr. Und wir müssen da helfen.«

»Aha. Müssen wir das?«

Die Reifen quietschten, als Sven eine Vollbremsung machte, weil das Auto vor ihm ohne zu blinken in eine Seitenstraße einbog. Vor Kurzem waren sie in das Dorf San Bartholomé de Tirajana eingefahren, wie Jenny dem Schild entnommen hatte.

Die engen Straßen machten es Sven nicht leicht, dem

Auto zu folgen. Sie zwängten sich durch die Gassen, vorbei an den rustikalen Häusern, die dicht aneinandergedrängt standen. Soeben fuhren sie am Ortsausgangsschild vorbei, und Sven konnte aufs Gas steigen, um dem Wagen, der sich einen Vorsprung herausgeholt hatte, wieder näher zu kommen. Die letzten Häuser hatten sie bereits hinter sich gelassen und fuhren die Straße entlang, in das dunkle Waldgebiet hinein. Das Auto vor ihnen schlug buchstäblich einen Haken und bog in einen Waldweg ein. Sven trat auf die Bremse und versäumte knapp die Ausfahrt. Sein Wagen hüpfte, als die Reifen auf dem felsigen Untergrund keinen Halt fanden, doch sogleich bekam er ihn wieder unter Kontrolle und nahm die Verfolgung erneut auf.

»Sobald wir stehen, schicke ich Carlos unseren Standort. Das kann ich ihm niemals erklären, wo wir gerade sind. Da, sieh nur.« Jenny zeigte auf das Haus, das am Ende des Weges zu erkennen war. Keinerlei Licht schien aus den Fenstern. Der andere Wagen stoppte direkt vor dem Haus, und auch Sven hielt an.

49

Tag 3, nachts – Luis

Luis stand vor Estebans Wohnblock. Mit zitternden Fingern drückte er auf den Klingelknopf. Den Umschlag mit dem Geld hielt er in der anderen Hand. Der Summer ertönte, und als er im Treppenhaus nach oben ging, hörte er den Schlüssel, der im Schloss der Wohnungstür einen Stock oberhalb herumgedreht wurde. Er hatte kein gutes Gefühl bei der Sache. Aber er musste es abschließen. Hinter sich lassen und vergessen, was passiert war. Das war seine einzige Chance.

Ein wenig außer Atem kam er oben an und stieß die angelehnte Wohnungstür auf. Es roch wie immer. Nach Zitrone und Desinfektionsmittel. Schon als Kind hatte Esteban ein Faible für Reinlichkeit gehabt.

»Esteban?«, rief Luis in die Wohnung hinein.

Gleich darauf kam er um die Ecke. Er hielt ihm seine Handfläche entgegen. »Geld?«

»Das ist alles, was du mir zu sagen hast?«, fragte Luis erstaunt, legte ihm aber das Kuvert in die Hand.

»Ja, nachdem du mir heute die Pistole auf die Stirn gedrückt hast und mich beschimpft hast, ist, glaube ich, alles gesagt.«

201

Luis schnaubte verächtlich. Natürlich war es heute keine schöne Situation gewesen, doch es war die Wahrheit. Warum sah das Esteban nicht ein? Er war nicht das Opfer, er war der Täter.

»Wie du meinst. Dann mach es gut, und ein schönes Leben noch.« Mit diesen Worten drehte er sich um und ging ins Treppenhaus zurück.

Als ob er irgendetwas gespürt hätte, wollte er sich am Treppenabsatz noch einmal umdrehen. Doch es war zu spät. Der Stoß gegen seinen Rücken ließ ihn das Gleichgewicht verlieren. Es ging alles so schnell, dass der Schrei nicht einmal seine Kehle verlassen konnte, bevor er mit dem Kopf auf den Steinboden krachte. Dass sein Körper wenige Momente später weggeschleift wurde, bekam er nur noch am Rande mit, denn in seinen Ohren dröhnte es wie nach der Detonation einer Bombe.

50

Tag 3, nachts – Sven

Sven riss die Autotür auf und schrie: »Seid ihr komplett von allen guten Geistern verlassen?«

Doch da sah er Helgas Browns Blick. Und gleich darauf das Messer, das im Mondlicht hinter ihr aufblitzte. Felipe starrte Sven an. So ausdrucksstark, dass es keine Worte brauchte. Er war fest entschlossen, seine Mutter zu finden.

»Lass das Messer fallen. Wir helfen dir ja. Es wird doch alles gut«, sagte Jenny, die soeben aus dem Wagen gestiegen war. Sven hoffte, dass sie die GPS-Daten via WhatsApp an Carlos übermittelt hatte.

»Ich will jetzt zu meiner Mutter«, sagte Felipe. »Ich muss ihr helfen.«

Sven hob beschwichtigend seine Hände in die Höhe. »Felipe. Lass das Messer fallen. Es hilft deiner Mutter nicht, wenn du uns bedrohst. Verstehst du?«

»Nein! Ich muss meiner Mutter helfen.«

»Das wollen wir doch alle. Aber bitte, leg das Messer auf den Boden, und dann erzählst du uns, wie du an diese Adresse gekommen bist.«

Einen kurzen Moment überlegte Felipe, doch dann

richtete er seine Waffe gen Boden. *Das ist immerhin schon mal ein Anfang,* dachte Sven.

»Ich habe, als ich den Zettel gefunden habe, die Adresse in mein Handy eingegeben, um nachzusehen, wo sie sich befindet. Das hatte ich allerdings völlig vergessen. Als ich vor einer Stunde im Internet gesurft habe, sah ich diese Suchanfrage wieder. Verstehen Sie? Ich hatte die Adresse die ganze Zeit, und ich Vollidiot hab das vergessen. Dabei hätte ich sie doch schon eher retten können.« Tränen liefen über seine Wangen.

»Felipe«, sagte Sven. »Jetzt sind wir ja da, und die Polizei kommt auch gleich. Wir finden deine Mutter, okay? Lass uns zuerst ins Haus gehen und nachsehen.«

Doch als er erkannte, dass die Haustür sperrangelweit offen stand, wusste er bereits, dass er dort nicht mehr suchen brauchte. Er sah sich um. Das Haus war ringsherum von Bäumen umgeben. Unmöglich von der Straße aus zu erkennen. Doch zwischen den Bäumen, ein wenig abseits des Weges, blitzte ein Auto hervor. *Das muss der Ex-Mann von Claudia sein,* dachte er. Das Mondlicht schien zwischen den Bäumen hindurch, und fast sah es so aus, als würde es den Weg zu Claudia ausleuchten wollen. Sven schüttelte seine Gedanken aus dem Kopf. *So ein Schwachsinn!* Doch ein Rascheln, das nicht weit weg von ihnen im Wald zu hören war, ließ ihn aufhorchen, und erst in diesem Moment fuhr ein eiskalter

Schauer durch seinen Körper, denn schlagartig wurde ihm bewusst, in welcher Gefahr sie alle steckten. Wenn Claudias Ex-Mann sie gefunden hatte, dann …

»Wir sollten auf die Polizei warten«, sagte Sven.

»Dann ist sie tot«, rief Felipe noch und verschwand im Unterholz. Sekunden später konnte Sven ihn nicht mehr erkennen, doch er konnte ihn mit der Gefahr, die in den Tiefen des Waldes lauerte, nicht allein lassen,

»Jetzt mach doch was.« Jenny rüttelte an seinem Arm, und Sven rannte ebenfalls los.

»Jenny. Ihr bleibt hier und geht ins Haus. Oder nein, ihr wartet beide im Auto, bis Carlos kommt. Ja?«, rief er ihr zu und verschwand im Dickicht wie Felipe kurz zuvor.

In der Ferne hörte er bereits die Sirenen und hoffte, dass diese bald hier wären. Obwohl *bald* vielleicht zu spät war. Es musste gleich oder besser noch sofort sein. Dann hörte er einen Schrei, vermutlich von einer Frau, und bog sofort in diese Richtung ab. Er hoffte, dass er nicht von Felipe war. Oder von Claudia. Er legte einen Zahn zu. Doch abrupt blieb er stehen.

Da sah er einen Schatten, der hinter einem Baum war. Ein Schatten in menschlicher Gestalt. Sven hätte schwören können, dass dieser ihn genau angestiert hatte, ehe er wieder im Dickicht verschwand. Sven rannte sofort los und schaute hinter den Baumstamm. Doch dort war niemand. Dann ballte er seine Fäuste und rief in den Wald

hinein. »Komm raus, du Drecksack, und stell dich mir wie ein Mann!«

Auch das Knacksen von Holz, das er Sekunden zuvor noch vernommen hatte, war verstummt. Er rannte einige Schritte in das Dickicht hinein, in dem der Schatten verschwunden war, blieb gleich darauf wieder stehen und schaute sich um. Doch er konnte niemanden entdecken.

»Ich muss Felipe finden!«, murmelte er. Die Sirenen waren bereits sehr nahe, das Blaulicht blitzte an den Baumkronen entlang, und er konnte weit hinter sich Taschenlampen erkennen. *Wenigstens ist Jenny in Sicherheit!*

Da hörte er das Schluchzen. Sofort drehte er sich um. Er entdeckte Felipe an einer Lichtung wenige Meter von ihm entfernt. Seine Hände hatte er auf seine Oberschenkel aufgestützt. In wenigen Schritten war er bei ihm. Und da sah er das Unheil und konnte kaum fassen, was Felipe stotterte.

»Warum nur? Warum habt ihr mich alleingelassen?«

Ach du grüne Scheiße!, fuhr es Sven durch sein Hirn. Er sah eine leblose Frau in mittlerem Alter, mit dem Rücken an einen Baumstamm gelehnt. Ihr Kopf war zur Seite gesackt. Sven trat näher und leuchtete sie mit seiner Handytaschenlampe an. Und da sah er das Blut, das aus ihrem Bauch rann. Sofort tastete er nach ihrem Puls. Ganz schwach konnte er ihn erfühlen. Er drehte sich zu Felipe.

»Du musst in diese Richtung laufen, und schrei, so laut du kannst. Sie hat noch einen Puls. Die Polizei ist schon da und mit Sicherheit auch ein Krankenwagen. Du musst dich beeilen!«

Doch Felipe rührte sich nicht. Er wiederholte weiter die gleichen Worte. Wie in Trance.

So schrie Sven, so laut er konnte, und rannte in die Richtung, in der er die Taschenlampen gesehen hatte. »Hierher! Hier sind sie! Wir brauchen einen Arzt! Sofort!« Wild fuchtelte er mit seinen Armen, und die Taschenlampen bewegten sich schneller auf und ab. Sekunden später hatten ihn die Polizisten erreicht. Sofort rannte er zu Claudia und Felipe zurück. Und erst da sah er die zweite Person, die ein wenig abseits auf dem Waldboden lag. Sofort packte er Felipe und zog ihn weg. Dieser wehrte sich anfangs noch heftig, doch schon bald weinte er bitterlich in seinen Armen.

51

Tag 3, nachts – Sven

Völlig außer Atem kam Sven wieder zum Haus zurück. Er hatte Felipe fest an sich gepresst und seinen Arm um ihn geschlungen. Sven kam es fast so vor, als würde er einen leblosen Körper mit sich schleifen, denn der Junge reagierte nicht mehr. Dabei waren seine Augen offen, und die Worte wiederholte er noch immer.

Da rannte Carlos auf ihn zu, gefolgt von einem Sanitäter. »Ich könnte dich ohrfeigen für diese Aktion. Das ist dir bewusst, oder?«

Sven antwortete nicht. Ja, das war ihm in den letzten Minuten auch klar geworden.

»Jenny und *Señora* Brown sind da drüben, und ich erwarte von dir, dass du auch dort hingehst und auf mich wartest.«

Sven nickte, übergab Felipe an den Sanitäter und trottete in Richtung Auto. Dort fiel ihm sogleich Jenny um den Hals. »Ich hatte so schreckliche Angst um dich. Und als ich den Schrei gehört habe, dachte ich, dir wäre etwas zugestoßen.« Sie schluchzte und vergrub ihr Gesicht an seinem Brustkorb. Er strich ihr sanft über den Rücken.

»Es sind zwei Frauen im Wald. Anscheinend Claudia

und auch die Oma von Felipe. Claudia hatte noch einen schwachen Puls, bei seiner Großmutter weiß ich das leider nicht. Ich habe sie zu spät gesehen.«

»Oh mein Gott«, sagte Helga Brown und stieß einen spitzen Schrei aus. Sie deutete mit ihrem Zeigefinger auf das Haus, aus dem zwei Leute einen kleinen Leichensack heraustrugen. »Ist das Miguel? Der arme kleine Junge. Gott hab ihn selig.« Sie faltete ihre Hände zu einem Gebet, das sie mit zitternden Lippen leise aufsagte.

Sven drückte Jenny fester an sich. Sie musste das schließlich nicht sehen. Doch da fiel ihm die Geschichte ein, die Helga Brown ihm erzählt hatte. »Moment. Woher wissen Sie, wer da in diesem Sack liegt?«

Einen Moment lang stutzte Helga. Einen Moment zu lange, fand Sven. »Das ist der Sohn von Claudia. Das hat mir Ana erzählt.«

»Ach, Claudia hatte noch einen weiteren Sohn?«

Doch noch bevor Helga Brown antworten konnte, störte Carlos das Gespräch der beiden.

»Sven, wir müssen reden. Kannst du mal ein paar Schritte mitkommen?«

Sven nickte, löste sich von Jenny und folgte ihm.

»Sven? Hast du eigentlich eine Ahnung, in was für eine Gefahr du euch alle gebracht hast?«

»Ja, das bereue ich auch zutiefst. Aber ich konnte doch nicht anders handeln. Und hier streift der Täter noch

umher. Ich konnte ihn sehen.«

»Kannst du ihn beschreiben?«

Sven schüttelte den Kopf. »Nein, leider nicht. Es war viel zu dunkel. Sind die beiden Frauen Mutter und Großmutter von Felipe? Und in diesem Leichensack, ist da ein Junge namens Miguel drin?«

»Die Fragen stelle ich, Sven. Woher weißt du das überhaupt alles?«

»Helga Brown hat es mir erzählt, also zumindest das mit dem Jungen. Kannst du mir sagen, ob die beiden Frauen überleben werden?«

»Diese Frage würde ich dir gerne beantworten, das kann ich aber leider nicht. Weil ich es selbst nicht weiß. Das wird sich in ein paar Stunden herausstellen. Und ihr drei werdet nun nach Hause fahren. Felipe kommt ins Krankenhaus, er muss beobachtet werden. Der Schock war zu groß.«

52

Jenny hatte die ganze Nacht kein Auge zugemacht und saß wie paralysiert am Frühstückstisch. Sven hingegen hatte geschlafen wie ein Toter. Zumindest hatte es den Eindruck gemacht. Sie hatten sich noch lange unterhalten und sich gegenseitig zumindest die Eckdaten erzählt, damit beide auf dem Laufenden waren.

»Guten Morgen, mein Schatz«, sagte Sven, gähnte herzhaft und drückte ihr einen Kuss auf die Wange. Dann umarmte er sie. »Ich bin so froh, dass ich dich wiederhabe. Ich liebe dich so sehr.«

»Ich bin auch froh, wieder hier zu sein.«

Sven schlurfte zur Kaffeemaschine. Nach einem weiteren herzhaften Gähnen rann der Kaffee in die Tasse, und er setzte sich zu Jenny an den Tisch.

»Weißt du, was mir nicht aus dem Kopf geht?«, fragte Jenny. »Helga Brown kannte sehr viel von der Geschichte, die Claudia und Felipe betraf. Würdest du an Anas Stelle so viel von einem Geheimnis erzählen, wenn du wüsstest, dass Menschenleben davon abhängen? Meiner Meinung nach weiß sie zu viel. Oder was denkst du darüber?«

»Ich hab es immer gesagt, die ist ein wenig balla-balla

211

im Kopf. Wer weiß, was von ihrer Geschichte so stimmt.«

Jenny ging nicht auf Svens Ausdruck ein. Sie rügte ihn nur, indem sie eine Augenbraue hob. »Ich rufe bei Carlos an. Ich will wissen, wie es den beiden Frauen geht.«

Jenny griff zu ihrem Telefon, und schon Momente später hob Carlos ab.

»Hallo Jenny. Es ist gerade ganz schlecht.« Im Hintergrund hörte sie Leute miteinander sprechen und das Rauschen der vorbeifahrenden Autos.

»Ich will doch nur wissen, wie es den beiden Frauen geht.«

»Die Großmutter ist auf dem Weg ins Krankenhaus verstorben. Die Mutter kämpft noch um ihr Leben.«

»Und wie geht es Felipe?«

»Er ist in psychiatrischer Behandlung. Kommt bitte in zwei Stunden bei mir im Revier vorbei. Ich muss jetzt aufhören.« Carlos legte auf.

***

Pünktlich zwei Stunden später saßen die beiden bei Carlos im Büro. Er war soeben von einem Tatort gekommen und sah noch sehr abgehetzt aus, als er auf seinem Stuhl Platz nahm.

»Jenny. Sieh dir bitte diese Fotos an. Ist das der Typ, der dich entführt hat?« Carlos schob ihr sein Handy über den Tisch.

Jenny starrte wie gebannt auf das Display. Darauf zu

sehen war der Narbenmann. Doch auf seiner Stirn stand ›*Pädophiler*‹ in Druckbuchstaben geschrieben. Erschrocken wich sie zurück.

»Ist er tot? Allerdings ist das nicht der, der die Kleine angefasst hat. Das war Vollbart«, stammelte sie, und Carlos nahm sein Handy wieder an sich.

»Das dachte ich mir bereits. Kannst du dich bitte mit dem Phantombildzeichner zusammensetzen, um ein Porträt von dem Komplizen anzufertigen?«

Jenny nickte und fragte: »Wo habt ihr ihn gefunden? Und wer hat ihn umgebracht?«

»Er wurde vor dem Müllplatz abgelegt. Auf der Zufahrtsstraße zum *Aqualand*. Wir stehen erst am Anfang unserer Ermittlungen.«

»Das war sicher Vollbart«, sagte Jenny entschlossen. »Was ist mit Onna und der Kleinen? Habt ihr sie schon gefunden?«

Carlos schüttelte den Kopf.

»Wissen wir schon, wie es der Mutter von Felipe geht?«

»Die Ärzte sagen, die nächsten zwölf Stunden sind entscheidend. Wir müssen abwarten. Im Moment dürfen wir nicht mir ihr sprechen.«

»Was weißt du über diesen Typen? Hat er Vorstrafen? Wurde er schon mal verhaftet?« Sven zeigte auf Carlos' Handy, dessen Display sich mittlerweile wieder

ausgeschaltet hatte.

»Er heißt Luis Ángel. Er kommt ursprünglich aus Las Palmas. Einige Vorstrafen, allerdings nur wegen kleiner Delikte. Er wurde zweimal wegen Handtaschenraub verurteilt. Aber in seiner Akte steht nichts von Gewalttaten. Keine Frau, keine Kinder.«

»Das heißt, eigentlich habt ihr nichts, wenn ich das so richtig verstehe?«, hakte Sven nach.

Carlos antwortete nicht, sondern verließ wortlos den Raum und ließ die beiden zurück.

***

Bereits eine Stunde später, nach dem Zeichnen des Phantombildes, saßen die beiden im Auto, und Sven bog in eine Straße ein.

»Sag mal. Wo fährst du denn hin? Ich dachte, wir fahren ins Büro?«

»Ich ... ich muss was schauen.«

»Was musst du schauen? Geht das ein wenig genauer?«, sagte Jenny und beugte sich nach vorne. Doch Sven schaute stur auf die Fahrbahn. »Sven? Kannst du mal mit mir sprechen, bitte?«

»Ich will zu Helga Brown. Irgendwie kommt es mir so vor, dass es nicht die ganze Wahrheit war, die sie mir erzählt hat. Mir geht deine Bemerkung nicht mehr aus dem Kopf: Würde ich an Anas Stelle so ein großes Geheimnis erzählen, wenn ich wüsste, dass ich dadurch

Menschenleben gefährde?«

»Da steckt sicher nichts dahinter. Ich denke mal, wenn man sich vertraut, dann kennt man von dem anderen auch solche Geheimnisse. So wie ich auch deine kenne. Davon abgesehen, Ana und auch Claudia wurden gefunden. Also, Fall abgeschlossen. Zumindest für uns.«

»Nein, nein. Da steckt mehr dahinter. Da bin ich mir sicher, das hab ich so im Gefühl. Aber wir werden sie gleich dazu befragen«, sagte er und parkte das Auto direkt vor dem Wohnhaus von Frau Brown. Er und Jenny stiegen aus und machten sich sogleich auf den Weg, als sie eine weibliche Person, die ein Kopftuch trug, aus dem Haus herauskommen sahen. »Hier rennen lauter so befremdliche Individuen herum«, meinte Sven kopfschüttelnd und drückte auf den Klingelknopf. Der Summer ertönte, und Sven stieß die Tür auf.

Von oben ertönte Helga Browns Stimme. »Liebes? Hast du was vergessen?«

»Wir sind es. Jenny und Sven vom Detektivbüro.«.

Momente später erreichten sie Frau Brown, die am Treppenabsatz auf sie wartete. »Hallo ihr zwei. Was verschafft mir die … Ehre?« Ein breites Lächeln zog sich über ihr Gesicht.

»Wissen Sie, ich frage mich die ganze Zeit, wieso Ana Ihnen so ein Geheimnis erzählt hat. Verstehen Sie? Wenn ich jemanden schützen wollen würde, dann würde ich

auch niemandem etwas erzählen. Und in diesem Moment frage ich mich auch, wer diese vermummte Frau war, die uns gerade entgegengekommen ist.« Sven blickte sie herausfordernd an.

»Ana hat mir eben vertraut. Das kommt in einer echten Freundschaft halt vor, dass man sich auch die größten Geheimnisse anvertraut. Ich hatte solche Angst um Anto... Claudia.«

»Moment! Anto? Wer ist Anto? Was ist hier los?«, sagte Jenny, und Helga Brown wurde sichtlich nervös. Sie schaute sich im Treppenhaus um, und schließlich machte sie eine einladende Handbewegung in ihre Wohnung. Jenny und Sven traten ein, und sie schloss sofort die Tür.

»Wir gehen ins Wohnzimmer«, sagte sie. Als alle Platz genommen hatten, fing sie an zu erzählen. »Zuerst müssen Sie mir versprechen, dass Sie es keinem erzählen, was ich Ihnen nun sagen werde, ja?«

»Das Versprechen gebe ich sicher nicht ab.« Sven kniff die Augen zusammen, lehnte sich zurück und verschränkte seine Arme vor der Brust. »Kommt drauf an, was Sie uns jetzt erzählen.«

53

Tag 4, vormittags – Esteban

»*Mierda*«, fluchte Esteban, als er in Windeseile seine T-Shirts in die Sporttasche quetschte und wie ein Wilder durch die Wohnung rannte. Gestern Nacht hatte er den schlimmsten Fehler seines Lebens begangen. Er hatte seinen besten Freund getötet. Die blanke Wut hatte ihn dazu getrieben, denn eines Tages wäre sein kleines Geheimnis aufgeflogen. Niemals hätte er es für sich behalten. Er wusste zu viel, genauso wie die Schlampe. Aber die hatte Luis ja mundtot gemacht. Und nun, nach einigen Stunden Schlaf, wurde ihm schlagartig bewusst, dass er schnellstmöglich die Insel verlassen musste. Was in der Nacht passiert war und welche Konsequenzen es für ihn dadurch geben würde, hatte er erst heute verstanden, als er seine Augen aufgeschlagen hatte. Alkohol und Schmerzmittel vertrugen sich wohl nicht so gut miteinander und hatten ihn zu dieser Tat getrieben.

Er ging ins Badezimmer, holte seine restlichen Utensilien aus dem Schrank und blickte in den Spiegel. Wenn ihn jemand gesehen hatte, als er gestern den Leichnam abgelegt hatte, würde der ihn sofort anhand des Bartes wiedererkennen, schoss es ihm wie Pfeile

durchs Hirn. Schnell machte er sich daran, sich zu rasieren, und als er damit fertig war, schor er sich das Haupthaar mit dem elektrischen Trimmer auf drei Millimeter.

Zufrieden mit dem Endergebnis strich er sich über das Kinn. Doch dort, wo vorher der Bart gewesen war, stach nun im Gegensatz zum Rest seines Gesichtes die Haut kalkweiß hervor.

»Ganz abzurasieren, war wohl auch nicht die beste Idee, aber was soll's?«, sprach er und zuckte mit seinen Schultern. *Bräunungscreme würde da schon helfen,* kam ihm in den Sinn, und er nahm sich vor, diese noch vor seiner Abreise zu besorgen.

Er schnappte sich das Bündel Geld aus dem Kuvert, das er gestern achtlos auf den Boden hatte fallen lassen, und steckte es in seine Hosentasche. Schnell packte er noch die restlichen Sachen aus dem Badezimmer in die Sporttasche und schloss diese. Er verließ die Wohnung und war froh, als er sein Auto erreicht hatte.

Es dauerte nicht lange, da ging er in eines der Geschäfte im Einkaufszentrum Bellavista und kaufte dort eine Sonnenbrille, eine Mütze und ein gut abdeckendes Make-up. Wieder im Auto angelangt, tupfte er es auf sein Gesicht auf. Es sah zwar heller aus als seine ursprüngliche Hautfarbe, aber zumindest auf den ersten Blick würde niemand erkennen, dass er sich erst heute den Bart

abrasiert hatte.

Nun nur noch in den Flieger einsteigen, und fort bin ich!

54

Tag 4, vormittags – Sven

»Ich habe Ihnen ja bereits erzählt, dass Ana und ich befreundet waren. Doch das ist nicht die ganze Wahrheit«, sagte Helga Brown.

»Ach, wirklich? Das kann ich mir gar nicht vorstellen«, sagte Sven und spürte sofort den Schmerz, der in sein Schienbein fuhr, als Jenny ihn unvermittelt trat.

Doch Helga Brown hatte seine Aussage ignoriert oder vielleicht auch gar nicht wahrgenommen, denn sie sprach weiter, nachdem ein tiefer Seufzer aus ihrer Kehle kam. »Antonia ist meine Tochter.«

»Wer ist Antonia? Und was hat das mit Claudia zu tun?« Sven musste sich zusammenreißen, dass er die Fragen nicht herausbrüllte.

»Wie gesagt, Antonia ist meine Tochter. Antonia hat, nachdem sie abgehauen ist von ihrem Ex-Mann, eine neue Identität angenommen. Claudia ist ihr neuer Name. Damals, vor sechzehn Jahren, als sie mit Felipe schwanger war, ist sie abgehauen von hier. Mit einem Typen, der sie nicht verdient hatte. Sie war doch damals selbst noch fast ein Kind. Ich habe sie in den ersten Jahren noch gesucht, doch keiner konnte oder wollte mir Auskunft über sie

geben. Irgendwann gab ich die Suche nach ihr auf.«

»Ich verstehe nicht. Wieso ist sie abgehauen?«, fragte Jenny nach.

»Lassen Sie mich die ganze Geschichte erzählen, von Anfang an. Sie ist weg, weil wir ... also ich und mein Mann Alfredo ihr gesagt haben, sie sei noch zu jung für ein Kind, und wir wollten sie zu einer Abtreibung überreden. Doch sie wollte das nicht. Alfredo – Gott hab ihn selig – hat zu ihr gesagt, dass sie sich mit dem Balg hier gar nicht mehr blicken lassen soll. Dabei hatte er das nur im Zorn gesagt.« Ihre Stimme zitterte, genauso wie ihre Hände.

Jenny legte ihre Hand auf Helgas. »Lassen Sie sich Zeit.«

»Wissen Sie, Alfredo war ein guter Mann, auch ein guter Vater. Er hätte alles für sie getan. Doch in diesem Moment ... ach, ihm hat es das Herz gebrochen, als sie eines Tages verschwunden war. Daran ist er auch kurz danach gestorben. An einem gebrochenen Herzen.« Helga wischte sich mit ihrem Handrücken über das Gesicht und schniefte.

Jenny und Sven schwiegen und warteten, bis sie sich wieder beruhigt hatte.

»Kurz nach dem Tod meines Mannes trat ich der Kirchengruppe bei. Ich wollte nicht allein sein. Und da traf ich Jahre später Ana. Eines Tages, als der Vorfall mit der kleinen Melodia in der Zeitung stand, redeten wir auch in

der Kirchengruppe darüber. Schrecklich. Dieses arme kleine Ding. Es dauerte ein paar Monate, da waren Ana und ich gute Freundinnen, und sie erzählte mir von ihrem Enkelsohn Felipe. Ana zeigte mir voller Stolz ein Foto von ihm, und ich war mir sicher, das war mein Enkelsohn. Er sah seinem Großvater zum Verwechseln ähnlich. Und genauso wie Antonia und Alfredo hatte er einen Leberfleck am Kinn. Ich fragte nach, wer denn die Mutter sei. Da erzählte sie mir, dass diese bei einem Autounfall ums Leben gekommen sei. Ich war todtraurig und brauchte Wochen, bevor ich mich wieder mit Ana treffen konnte. Erst da beichtete ich ihr, dass ich die Vermutung hatte – oder besser gesagt, ich wusste es –, dass Felipe mein Enkelkind ist. Verstehen Sie, der Geburtsmonat war gleich, der Leberfleck, das Alter. Es passte einfach alles zusammen. Und ich erzählte ihr auch, dass ich noch sehr lange nach Antonia gesucht hatte, und fragte, ob sie mir sagen könnte, wo sie begraben liegt, damit ich wenigstens Abschied von ihr nehmen konnte. Ich fragte sie, warum sie sich als Großmutter von Felipe ausgibt, wenn doch ich die Oma bin. Erst da hat sie mir die Wahrheit erzählt. Sie erzählte mir, dass am selben Tag, als Melodia ermordet wurde, Antonia Ana bat, Felipe nach der Vorschule abzuholen. Die Flucht vor ihrem Ex-Mann war bereits seit Langem geplant. Sie war so fest entschlossen, endlich von ihm loszukommen. Sie wollte nicht mehr an seine Lügen

glauben. Antonia wollte gerade mit Melodia und Miguel das Haus verlassen, doch ihr Mann kam früher von der Arbeit nach Hause, und es kam alles anders als gedacht. Es brach mir das Herz, als ich das alles hörte.«

»Das heißt, Ana wusste, wo Antonia sich aufhielt?«, fragte Jenny.

»Natürlich wusste sie das. Nur sie durfte es keinem erzählen. Es gab viele Frauen, die vor ihren Männern geflüchtet sind. Und die eben den Weg zu Ana gefunden haben. Sie war eine Art Erste-Hilfe-Station für misshandelte Frauen.«

»Also, Ana hat Antonia geholfen und sie vor ihrem gewalttätigen Ex-Mann versteckt. Das ergibt nun mehr Sinn. Aber in all der Zeit haben Sie kein einziges Mal versucht, mit Ihrer Tochter Kontakt aufzunehmen?«

»Natürlich war es mein Herzenswunsch, sie wiederzusehen. Doch Sie verstehen anscheinend nicht, wie gefährlich mein Ex-Schwiegersohn ist. Er hat gute Kontakte, und wer weiß, vielleicht ließ er auch mich beobachten? Es war einfach zu gefährlich. Somit hielt ich mich auch von Felipe fern. Und von außen betrachtet, würde es so aussehen, als wären Ana und ich nur befreundet. Verstehen Sie? Ana hat meine Tochter und meine Enkel beschützt und in Sicherheit gebracht, das wollte ich auf keinen Fall gefährden.«

»Aber warum ließ Ana Felipe nicht zu seiner Mutter

bringen? Das fällt doch auf, wenn ein kleiner Bub plötzlich bei ihr wohnt.«

»Weil es der ausdrückliche Wunsch von Antonia war, dass Felipe bei Ana bleiben sollte. Felipe musste in die Schule. Wie hätte sie ihn dort hinbringen sollen? Sie wollte ihm ein Leben ermöglichen, wie sie es für sich selbst gewünscht hätte. Leider konnte Antonia zu ihm keinen Kontakt halten, um kein Aufsehen zu erregen. Auch mit Miguel war es so geplant. In zwei Jahren wäre sie einfach spurlos untergetaucht und hätte Miguel zu Ana gegeben. Nur dass auch er in einem Umfeld aufwachsen könnte, das aus Liebe besteht. Und dass Ana plötzlich einen Enkelsohn hatte, war nicht ungewöhnlich. Sie hatte eine große Familie und erzählte einfach die Geschichte von einer ihrer Töchter, die in den Staaten wohnt und sowieso nie hierher nach Gran Canaria kam. Und dass diese mit ihrem Mann einen schrecklichen Unfall hatte. Somit war für jeden die Geschichte glaubhaft.«

»Ich verstehe immer noch nicht, wie Ana die Frauen von den gewalttätigen Männern weggebracht hat«, sagte Jenny.

Helga Brown räusperte sich. Es hatte fast den Anschein, als hätte sie einen Kloß im Hals gehabt, der sich nun löste. »Wir ließen die Frauen abholen.«

»Wir?«, fragte Sven nach. »Das heißt, Sie haben da auch mitgemacht? Und welche Frauen? Gab es

mehrere?«

»Ja. Sie beide haben keine Ahnung, was in den scheinbar perfekten Familien so vor sich geht. Erst nach und nach wurde ich in die gesamten Geheimnisse eingeweiht, die diese Gruppierung betreffen. Es waren außer Ana und mir noch zwei Frauen dabei, die misshandelte Opfer aus den Fängen ihrer Peiniger brachten. Wir sind recht gut organisiert. Zwei Männer helfen uns. Einer ist zuständig dafür, dass die Frauen mit ihren Kindern abgeholt und zu unserem Versteck in den Bergen gebracht werden, und der zweite für die Drohbriefe und für die Geldübergabe. Das Geld ist als Starthilfe gedacht. Doch bei den meisten Männern gibt es leider nichts zu holen.«

»Moment«, sagte Jenny und hob ihre Hand in die Höhe. »Das heißt, Sie haben Onna und ihre Tochter holen lassen? Onna hat Sie darum gebeten, dass sie – ich nenne es mal – entführt wird? Ist das richtig? Onna Gautier? Die, die da drüben mit ihrem Mann gewohnt hat?«

»Ja«, antwortete Helga Brown und stutzte im nächsten Moment. »Aber woher wissen Sie das?«

»Weil ich bei der – wie Sie es nennen – Abholung dabei war. Ich dachte, die beiden Typen wollten sie entführen. Als ich sie befreien wollte, bekam ich einen Schlag auf den Kopf und wurde kurzerhand mitgenommen. Aber der eine Mann ist tot. Das haben wir heute früh erfahren. Ist Onna

jetzt mit dem Mädchen in Gefahr?«

»Wer ist tot? Luis?« Helga Browns Augen waren so groß wie Wagenräder.

»Ja, es muss wohl in der Nacht passiert sein. Also, sind die beiden in Gefahr?«

»Nein, Onna und das Mädchen sind sicher abgeliefert worden. Ich habe gestern Nachmittag höchstpersönlich den Hund dorthin gebracht und mich vergewissert, dass sie vorerst in guten Händen sind.«

»Wo sind die beiden? Und das mit dem Hund, der in den Vorgarten gelegt wurde, verstehe ich auch nicht.«

»Dieser Hund ist von einem Tierbeseitigungshof. Er war schon tot, als wir auf diese Idee kamen. Der hatte idealerweise die gleiche Größe wie Lady. Somit war klar, dass wir ihn als Druckmittel einsetzen könnten.«

»Das heißt, es war nie geplant, dass Onna und das Mädchen freikommen?«

»Was heißt hier freikommen? Jetzt sind die beiden frei. Das Lösegeld ist für Onna und die Kleine ein Startkapital. Vorerst sind sie in der sogenannten Auffangstation. Da war leider in den letzten beiden Tagen ein Rohrbruch, deswegen konnten die beiden dort nicht rein. Aber ich verstehe nicht, dass Luis Sie nicht erwähnt hat, als ich mit ihm telefoniert habe.«

»Ich denke mal, er wollte Sie nicht beunruhigen. Deswegen hat er nichts gesagt. Warum wurde das Geld

nicht am Übergabeort abgeholt?«

»Weil dieses Monster – zumindest dachte ich das zu diesem Zeitpunkt – die Polizei informiert hat und überall Zivilpolizei stand. Somit wurde der Plan dahin gehend geändert, dass sobald das Geld wieder im Haus war, es von dort geholt werden sollte. Es war doch zu gefährlich, dass Pedro gefasst wird. Schließlich brauchten wir ihn ja.«

»Ach so. Deswegen platzte die Übergabe. Jetzt wird mir einiges klar.«

»Allerdings verstehe ich erst jetzt, warum die Polizei vor Ort war. Nicht dieses Monster, sondern Sie haben diese informiert, weil Sie Angst um Ihre Freundin hatten«, sagte Helga Brown und zeigte auf Sven.

»Genau, ich war das«, antwortete Sven. »Und diese Frau vor dem Haus, die wir getroffen haben … ist das auch eine Frau, die Sie um Hilfe gebeten hat?«

»Ja. Luis hätte sie abholen sollen, doch er ist nicht gekommen. Sie ist sehr verzweifelt, verstehen Sie? Aber den Namen von ihr nenne ich Ihnen nicht.« Helga Brown verstummte kurz, und im nächsten Moment schluchzte sie. »Es schockiert mich, dass Luis tot ist. Er machte das alles zum ersten Mal. Ansonsten arbeitet ein anderer Mann mit uns zusammen, doch er hat sich den Fuß gebrochen. Deswegen sind wir auf Luis gekommen. Also, eigentlich wurde er uns empfohlen, dass er genau der Richtige für diesen Job wäre, weil er schweigen konnte

wie ein Grab. Aber wir haben Luis nicht eingeweiht in unsere Pläne, er hatte nur die Aufgabe, die Frau und ihre Tochter zu entführen.« Helga Brown malte Gänsefüßchen in die Luft. »Das wäre viel zu gefährlich gewesen. Wir wollten nichts riskieren. Er sollte nur Onna und die Kleine sicher in den Unterschlupf bringen. Er nannte es Übergabeort.«

»Was ist mit dem anderen Kerl? Der ist richtig abartig«, meinte Jenny.

»Welcher andere Kerl? Es war nur Luis, der uns geholfen hat.«

»Dieser mit dem Vollbart. Der hat die Kleine angefasst. Wenn ich nicht dazwischengegangen wäre …«

»Was?«, sagte Helga und sprang von ihrem Sessel auf. »Er hat was gemacht? Das kann es doch nicht sein. Wir wollen die Frauen und Kinder vor diesem elendigen Pack schützen, und dann fasst einer, der helfen soll, die Kinder an. Wie ekelhaft!«

»Wissen Sie, wie er heißt?«, fragte Sven. »Ich denke mal, er hat das nicht zum ersten Mal gemacht. Wir müssen ihn finden. Vielleicht hat er ja Luis umgebracht.«

»Nein, leider nicht. Ich hab keine Ahnung. Wie gesagt, ich weiß nur von Luis.«

»Können Sie uns die Adresse geben, wo sich Onna und ihre Tochter aufhält? Wir müssen das an die Polizei weitergeben.«

»Ich kann Ihnen die Adresse nicht geben. Das müssen Sie verstehen. Die Polizei hier ist korrupt. Die würden die beiden doch sofort wieder zu diesem Monster zurückbringen. Diese Frauen gehören beschützt.«

55

Tag 4, mittags – Sven und Jenny

Sven und Jenny machten sich auf den Weg zurück zum Auto. Helga Brown hatte noch einiges erzählt, allerdings ging es meist um Antonia und wie leid ihr das alles tat, was passiert war.

»Wir müssen das Carlos erzählen. Das ist dir schon klar, oder?«, sagte Jenny und öffnete die Fahrertür.

»Ja, ich weiß. Eine haarsträubende Story, was?«

»Oh ja, damit habe ich so gar nicht gerechnet. Aber warum hat Onna mir nichts davon mitgeteilt? Das wäre doch das Einfachste gewesen.«

»Ich denke mal, sie hatte Angst, dass du sie verraten würdest.«

»Jetzt ist mir natürlich auch klar, warum sie sich bei der angeblichen Entführung nicht gewehrt hatte. Ich hatte immer das Gefühl, dass dieser Luis ein guter Mensch ist. Siehst du? Mein Bauchgefühl trügt mich nie. So wie bei dir, mein Schatz.« Sie grinste ihn an und zwinkerte ihm zu.

Er lächelte und nickte.

***

Sven hatte den Schlüssel ins Schloss vom Detektivbüro gesteckt, da hörte er hinter sich eine bekannte Stimme.

»Wo ist nun meine Lady?« Sven drehte sich um.

»Herr Gautier. Das kann ich Ihnen leider nicht sagen. Ich weiß es nicht. Sie ist verschwunden.«

»Ich habe Sie dafür bezahlt, dass Sie sie finden.« Urs Gautier ballte seine Hand zur Faust.

»Ich werde Ihnen Ihr Geld zurücküberweisen. Ich kann Ihnen da nicht helfen.«

»Ich will das Geld nicht. Ich will meine Lady wiederhaben.« Urs' Gesicht war rot wie eine Tomate.

»Ich sagte doch, ich kann Ihnen da leider nicht helfen. Es tut mir sehr leid.« Sven zuckte mit den Schultern.

Jenny kam in diesem Moment dazu, doch Urs Gautier wandte sich zum Gehen und rannte sie fast über den Haufen.

»Behalten Sie Ihr beschissenes Geld doch!«, rief er, und einen Augenaufschlag später war er bereits verschwunden.

»Denkst du das Gleiche, was ich auch denke?«, fragte Jenny, und Sven nickte.

56

Zwei Monate später

Es war ein herrlicher Morgen. Die Sonne schien, und Jenny und Sven saßen vor der Arbeit gemütlich im Café *Insider*. »Ist das nicht schön?«, sagte Jenny und zeigte Sven die Dankeskarte, die sie aus ihrer Handtasche gekramt hatte. Eine selbst gemalte Blume war darauf zu sehen und in krakeliger Handschrift das Wort ›*Danke*‹.

»Ja, die Kleine ist echt lieb. Ich bin froh, dass wir die Adresse von Frau Brown bekommen haben und ihnen unser Honorar persönlich übergeben durften. Ich hätte keine ruhige Minute mit dem Geld von diesem Schmierlappen mehr gehabt. Ich bin froh, dass es Onna und der Kleinen gut geht und sie ein neues Leben beginnen können. Und mit dem Lösegeld, das sie von ihrem Mann – sagen wir mal – *bekommen hat,* kommt sie sicher eine Weile mit ihrer Tochter über die Runden.«

»Weißt du, was ich besonders gut finde? Dass Onna mit der Polizei gesprochen hat und dass ihr Scheusal von Mann hinter Schloss und Riegel sitzt. Kein Richter der Welt hätte dieses Ekelpaket auf freiem Fuß gelassen bei den Verletzungen, die Onna und die Kleine an ihrem Körper hatten. Allein die Narben an dem Oberschenkel

der Kleinen. Furchtbar. Wie bösartig kann ein Mensch nur sein, seine Tochter als Aschenbecher zu benutzen? Widerlich.«

»Darf ich mich zu euch setzen?«, sagte Helga Brown und zog bereits einen Stuhl unter dem Tisch hervor.

»Natürlich«, sagte Jenny.

»Ich danke Ihnen beiden. Ich habe zumindest meine Tochter und einen meiner Enkel wieder. Meine anderen beiden Enkelkinder durfte ich leider nie kennenlernen.« Helga Brown drückte Jennys Hand.

»Ich bin froh, dass Antonia überlebt hat. Hat die Polizei schon ihren Ex-Mann gefunden? Wissen Sie darüber etwas?«

»Nein, es scheint so, als wäre er untergetaucht. Aber die werden ihn schon finden. Diesmal kommt er nicht davon. Die Polizei hat genug Beweise. Und er wird sich nicht nur für den Mord an Miguel verantworten müssen, sondern auch für den an Melodia. Antonia hat ihre Aussage bei der Dienststelle schon gemacht, diesmal hatte sie keine Angst mehr vor der Polizei.«

»Wo lebt Antonia jetzt?«

»Beide leben bei mir. Für Felipe war es am Anfang schwer, mich als seine Oma zu akzeptieren, und er kennt nun auch die ganze Wahrheit. Wenn mein Alfredo noch leben würde, er hätte ihn geliebt.« Sie schluchzte und war einen Moment nicht imstande weiterzusprechen. »Aber

wir drei kommen gut miteinander aus. Ich passe auf die beiden auf. Das bin ich Ana schuldig.«

»Schön«, sagte Jenny und versuchte, die Tränen, die ihr in diesem Moment in die Augen schossen, zu unterdrücken. Doch eine einzelne rann ihr die Wange hinunter.

Helga Brown lächelte. »Nicht weinen. Jetzt gibt es keinen Grund mehr, traurig zu sein.«

»Wie geht es nun weiter mit Ihrer – ich nenne es mal – Gruppe?«

»Also, der Inspektor, den Sie mir geschickt haben, war sehr nett. Ja, wir haben uns strafbar gemacht. Das ist wohl richtig. Doch gab es keine Anzeigen diesbezüglich. Und die meisten der Frauen sind ja wirklich nur von uns weggebracht worden. Das Startkapital für sie haben wir von der Kirche erhalten. Die Frauen kommen nach wie vor zu uns, aber jetzt rufe ich direkt den Inspektor auf dem Handy an. Er hilft dann weiter und bringt die Frauen und Kinder in Sicherheit. Apropos Kinder. Wissen Sie vielleicht, was nun mit dem Mörder von Luis ist? Wurde der gefasst?«

»Nein, er wurde nicht gefasst«, sagte Jenny. »Der Haftbefehl gegen ihn wurde zu spät erlassen, und er hatte zu diesem Zeitpunkt bereits das Land verlassen. Er soll sich in Kuba aufhalten. Leider gibt es da keinen Auslieferungsvertrag mit Spanien. Ich hoffe, dass er eines

Tages gefasst wird. Er kann sich nicht ewig verstecken.«

»Das hoffe ich auch, ja.«

»Wissen Sie, was ich mich noch frage? Wie kam es dazu, dass Ana bei Antonia im Wald war? Wissen Sie darüber etwas?«

»Also, so genau kann ich Ihnen das nicht beantworten, doch weiß ich, dass Ana an dem Tag, als sie verschwand, mit einigen unserer Schützlinge Kontakt aufnahm und von ihrem komplett verwüsteten Haus erzählte. Ich nehme an, sie hat vermutet, dass einer der Ehemänner ihr auf die Spur gekommen ist, und versuchte, herauszufinden, welche Frau nun in Gefahr ist. Es war sehr leichtsinnig, was sie machte, und sie bezahlte ihren Einsatz mit ihrem Leben. Ich verstehe nur nicht, warum sie mich nicht darüber informiert hat. Dann wäre auch das Missverständnis mit Felipe ausgeblieben. Ich glaube, sie hat nicht darüber nachgedacht, und auch ihr Telefon scheint verschwunden zu sein. Ob das nun bei dem Einbruch in ihr Haus war oder ob sie es mitgenommen hatte, kann ich leider nicht sagen.«

»Leben alle Frauen hier auf der Insel?«

»Nein, natürlich nicht. Einige wollten hier weg. Weit weg, die haben wir auf das Festland bringen lassen. Aber Antonia wollte hierbleiben. Allein schon wegen Felipe und wegen mir und ihrem Vater. Sie wusste ja nicht, dass er tot war und sie sich nie wieder mit ihm versöhnen könnte.«

57

Zwei Monate später – Carlos

»Sehr gut«, sprach Carlos und drehte sich zu seinem Kollegen Cristiano um. »Also haben wir einen heißen Tipp bekommen, wo sich dieser Dreckskerl aufhält?«

»Ja, er wurde in einer Rockerbar gesehen. Hier ganz in der Nähe.«

Carlos schnappte sich seine Dienstwaffe und steckte sie in das Halfter. Gemeinsam verließen sie die Wache. Am Auto angelangt hörten sie die Durchsage der Zentrale:

»An alle verfügbaren Einsatzkräfte. Streife 303 fordert Unterstützung an. Ecke Avenida de Tenerife und Calle Marruecos. Höhe Einkaufszentrum Kasbah. Der Flüchtige ist bewaffnet.«

»Das ist dort, wo der Mann gesehen worden ist«, sagte Cristiano noch zu Carlos, bevor er zum Funkgerät griff und den Einsatz bestätigte.

»Dann mal los«, sagte Carlos, startete den Wagen und fuhr mit Blaulicht und Sirene los.

Minuten später kamen die beiden am Zielort an. Doch weit und breit war kein Einsatzwagen zu sehen.

»Was ist denn hier los?«, sagte Carlos. »Wo sind die denn alle? Es haben sich doch mehrere Einsatzkräfte gemeldet. Und jetzt ist keiner da?«

Doch schon im nächsten Augenblick fuhr ein Streifenwagen die Querstraße entlang. Carlos trat aufs Gaspedal, und kurz darauf bremste er hart. Ein Mann sprang vor sein Auto, knallte auf die Motorhaube, wurde einige Meter durch die Luft geschleudert und blieb regungslos auf der Straße liegen. Sofort sprangen er und Cristiano aus dem Wagen und rannten zu ihm.

Carlos kontrollierte den Puls. Urplötzlich war seine Handfläche blutüberströmt.

»Sehr, sehr schwach«, murmelte er, und Cristiano gab das an die Einsatzstelle durch.

Der Mann röchelte und rang um sein Leben. Die Blutlache um seinen Kopf herum wurde größer und größer. Immer mehr quoll aus ihm heraus.

»Wer sind Sie? Sagen Sie mir Ihren Namen!«, sagte Carlos und beugte sich zu dem Mann hinunter.

Doch außer einem Röcheln war nichts zu hören. Der Mann formte zwar mit seinen Lippen Worte, doch die drangen nicht aus seinem Kehlkopf hervor. Und plötzlich verstummte auch das Röcheln.

***

Zwei Stunden später hatten Carlos und Cristiano Gewissheit. Der Mann, der ihnen vors Auto gesprungen

237

war, war Diego Sanchez García. Gesucht wegen Mordes an Melodia und Miguel Sanchez Lopez. Und wegen Vergewaltigung und Misshandlung seiner Ehefrau Antonia.

Epilog

Zwei Monate später – Antonia

Der Anruf von Inspektor Muñoz Díaz hatte Antonia im ersten Moment die Sprache verschlagen. Das Monster war besiegt. Für immer. Er war tot und würde ihr und auch Felipe nie wieder etwas antun. Ihre Hand zitterte, und die ersten Tränen bahnten sich ihren Weg.

»Mama, was ist los? Warum weinst du?«, fragte Felipe, als er die Küche betrat.

Doch sie antwortete ihm nicht, stattdessen nahm sie ihn in die Arme und drückte ihn ganz fest an ihren Körper. Dann küsste sie ihn auf die Wange. »Felipe. Heute werden wir deine Geschwister besuchen und ihnen erzählen, dass das Scheusal endlich tot ist. Wir brauchen uns nicht mehr vor ihm zu fürchten. Nie wieder. Verstehst du?«

Felipe strahlte sie an. »Wirklich? Mein Erzeuger ist tot? Ich hoffe, dass er einen qualvollen Tod ...«

Doch Antonia legte ihren Zeigefinger auf seinen Mund. »Pssst. Nicht weitersprechen. So was sagt man nicht. Es ist vorbei, und nur das ist wichtig. Komm, lass uns fahren.«

Momente später waren sie im Auto auf dem Weg zum Friedhof. Die beiden Polizisten, die sonst im Treppenhaus

239

Wache geschoben hatten, waren verschwunden. Ab diesem Moment wusste Antonia, dass ihr Leben nun wieder ganz allein ihr gehörte. Beim Friedhof angekommen sahen sie schon aus der Ferne die vielen Stofftiere am Grabstein, angefangen von braunen Teddybären bis hin zu rosaroten Plüschhasen. Für Antonia war es wichtig, dass beide Kinder gemeinsam in einem Grab lagen. Damit sie im Himmel gegenseitig auf sich aufpassen konnten. Viele Menschen waren bei der Beerdigung dabei gewesen. Natürlich hatten sie und Felipe unter Polizeischutz gestanden und waren rund um die Uhr bewacht worden. Ihr Fall ging durch die Medien wie ein Lauffeuer. Und auch heute noch, zwei Monate nach der Beerdigung von Miguel, kamen nette Menschen und brachten für die beiden Kinder Geschenke ans Grab.

Sie wischte mit ihrem Handrücken die Tränen weg, die ihr wie Sturzbäche hinabliefen, und holte tief Luft. Mit dem Zeigefinger fuhr sie jeden einzelnen Buchstaben entlang. Felipe drapierte die Stofftiere jeweils seitlich vom Grabstein. Auch er war im Moment nicht in der Lage zu sprechen.

Es dauerte, bis Antonia ihre Stimme wiederfand. »Meine Süßen. Es ist vorbei. Er ist tot. Und er kommt in die Hölle, für das, was er euch angetan hat.«

-ENDE-

Lieber Leser, liebe Leserin.

Herzlichen Dank für den Kauf dieses Buches. Abscheulich finde ich Gewalttaten an wehrlosen Menschen. Genauso das Verhalten von Esteban. Es ist für mich unbegreiflich, welche Gedanken einen Menschen dazu bringen, solche Widerwertigkeiten anderen anzutun. Dazu fehlen mir, obwohl ich Autorin bin, die Worte.

So wie in jedem meiner bisher erschienenen Bücher bedanke ich mich bei allen Mitwirkenden, die dieses Buch, so wie Sie es jetzt in Ihren Händen halten, überhaupt erst möglich gemacht haben:

An erster Stelle kommt mein Lieblingsmensch. Danke, dass du immer für mich da bist und mich unterstützt, wo auch immer du kannst. Ich liebe dich.

An zweiter Stelle steht natürlich Sascha, mein absoluter Lieblingslektor. Für mich bist du zu einem wichtigen Teil meines Teams geworden. Und du weißt, ich mache nichts (zumindest was meine Bücher betrifft), ohne dass du es abnickst. Weißt du, dass wir bereits seit eineinhalb Jahren zusammenarbeiten?

An dritter Stelle, aber nicht weniger wichtig, kommen

meine Testleserinnen Julia, Corinne, Daggi, Birgit, Sandra, Jenny, Anja, Franziska, Bianca und Verena. Jedes Mal, wenn ich ein neues Buch herausbringe und ich es euch zum Testlesen gebe, freue ich mich schon auf die doch sehr lustigen Diskussionen mit euch. Besonders die Titelvorschläge, die ihr so bringt, sind ja manchmal haarsträubend.

Natürlich ist auch mein Coverdesigner Renee nicht zu vergessen. Ich liebe deine Cover, und besonders die reibungslose, perfekte Zusammenarbeit mit dir find ich klasse.

Auch einen herzlichen Dank an meine Autorenkollegen Marcus Erhardt und Roland Blümel. Egal ob Testlesen, Marketingfragen oder was sonst noch so ansteht – ihr seid für mich da.

An dieser Stelle möchte ich mich auch bei allen meinen Buchbloggern bedanken für die großartige Unterstützung, die ich bei jeder Buchveröffentlichung von euch bekomme. Und natürlich auch für den Spaß, den wir gemeinsam haben.
#Miteinanderstattgegeneinander

Und auch an Sie, liebe Leserin, lieber Leser, ein

Dankeschön. Ich hoffe, es hat Ihnen Spaß gemacht und ich durfte Sie ein paar Stunden mit einer spannenden Story unterhalten. Ich freue mich, Sie in meinem nächsten Thriller, der voraussichtlich im Frühjahr 2020 im Handel erscheint, wieder begrüßen zu dürfen.

Abonnieren Sie auch meinen Newsletter unter https://app.mailflatrate.com/lists/pb111fq4cm70f/subscribe Oder schauen Sie auf meiner Website vorbei: https://dreasummer.jimdofree.com/

Ihre
Drea Summer

Abgehackt

Team Gran Canaria Band 1

Erhältlich bei Amazon und als Taschenbuch überall im Buchhandel
ISBN: 9783749451050

Ein brutaler Serienmörder sucht die Urlaubsinsel Gran Canaria heim. Binnen kürzester Zeit werden die Leichen eines Obdachlosen und einer Fitnesstrainerin aufgefunden. Beide sind auf furchtbare Art und Weise verstümmelt worden. Die Ermittler der Polizei stehen vor einem Rätsel. Gibt es eine Verbindung zwischen den Opfern? Wo wird der Täter als Nächstes zuschlagen?

Unterdessen werden Sven und Jenny, seit Kurzem als Privatdetektive tätig, von einem nahen Verwandten eines der Opfer beauftragt, ebenfalls nach dem Mörder zu suchen. Doch je tiefer sie graben, umso mehr bringen sich die beiden selbst in tödliche Gefahr.

Sie sind nichts wert

von Drea Summer

Gran-Canaria-Thrillertrilogie Band 1

Erhältlich bei Amazon und als Taschenbuch
überall im Buchhandel
ISBN-13: 978-3752847529

WO IST KATHARINA?

Katharina möchte mit ihrer besten Freundin einen entspannten Urlaub auf Gran Canaria verbringen. Bei einem Ausflug in die Berge mit zwei jungen Männern verschwindet sie spurlos. Inspektor Carlos Muñoz Díaz, leitender Beamter vor Ort, erhält durch ein Ermittlerteam aus Deutschland Unterstützung. Doch bereits kurz darauf überschlagen sich die Ereignisse: Katharinas Freunde verstricken sich in Widersprüche, eine düstere Spur führt bis zurück in die Kindertage der jungen Frau, und an den Dünenstränden von Maspalomas findet man eine weibliche Leiche.

Tu, was ich dir sage

von Drea Summer

Gran-Canaria-Thrillertrilogie Band 2

Erhältlich bei Amazon und als Taschenbuch in jeder Buchhandlung

ISBN-13: 978-3752846751

Als ein Toter auf dem Parkplatz des Zoos Palmitos Park auf Gran Canaria gefunden wird, ist es vorbei mit der ungetrübten Urlaubsidylle. Die Polizei kommt zu der Erkenntnis, dass es sich um einen Selbstmord handelt. Kurz darauf verschwindet der deutsche Urlauber Leo spurlos aus einer Diskothek in Playa del Inglés. Inspektor Carlos Muñoz Díaz ermittelt, doch bald entwickelt sich der Fall für ihn zu einer persönlichen Tragödie. Stück für Stück offenbart sich ein Abgrund unmenschlicher Abscheulichkeit.

Du bist mein Besitz

von Drea Summer

Gran-Canaria-Thrillertrilogie Band 3

Erhältlich bei Amazon und als Taschenbuch in jeder Buchhandlung
ISBN-13: 978-3748166368

In einer Gasse in Playa del Inglés stirbt Svens Ex-Freundin Dörte in seinen Armen an einer Stichverletzung. Sven flieht Hals über Kopf, da er befürchtet, man könne ihm aufgrund seiner düsteren Vergangenheit die Schuld an Dörtes Tod geben. Die Prostituierte Aurelia, die in einem Bordell gegen ihren Willen festgehalten wird, vermisst ihre Freundin Malia, die seit Tagen verschwunden ist. Sie begibt sich auf eine gefährliche Suche.

Kurz darauf tauchen zwei weitere Leichen auf. Handelt es sich dabei um die Verbrechen eines Serientäters? Hat Sven doch etwas damit zu tun? Und wo hält er sich versteckt? Inspektor Carlos Muñoz Díaz ermittelt bereits in seinem dritten Fall mit seinem Kollegen Cristiano und seiner Verlobten Sarah.

Ungerecht

von Drea Summer

**Erhältlich bei Amazon und als Taschenbuch
überall im Buchhandel
ISBN-13: 978-3749429387**

**Was würdest du tun, wenn man dir das Wichtigste
nimmt?**

In einem ruhigen Vorort von Graz bricht Christian Schmitz am frühen Morgen in die Villa des schwerreichen Verlegers Harald Moser ein. Er fesselt den überraschten Mann. Im Laufe des Vormittags lockt Christian einige Personen aus Mosers näherem Umfeld unter einem Vorwand in das Haus. Er überwältigt sie alle, und ein schreckliches Spiel beginnt, in dem Christian immer tiefer in einen Strudel aus Gewalt und Blutdurst hineingezogen wird. Was geschah in den letzten zwölf Monaten? Und was bringt einen Mann dazu, sich in einen brutalen Folterknecht zu verwandeln?